一朵比一朵美丽

惠云 著

郑州大学出版社

图书在版编目(CIP)数据

一朵比一朵美丽／惠云著. — 郑州：郑州大学出版社，2020. 11(2024. 6 重印)
ISBN 978-7-5645-7279-2

Ⅰ．①一… Ⅱ．①惠… Ⅲ．①诗集 – 中国 – 当代
Ⅳ．①I227

中国版本图书馆 CIP 数据核字(2020)第 174403 号

一朵比一朵美丽
YI DUO BI YI DUO MEILI

策划编辑	李勇军	封面设计	小　花
责任编辑	孙精精	版式设计	凌　青
责任校对	刘晓晓	责任监制	李瑞卿

出版发行	郑州大学出版社(http://www.zzup.cn)
地　　址	郑州市大学路 40 号(450052)
出 版 人	孙保营
发行电话	0371-66966070
经　　销	全国新华书店
印　　刷	山东华立印务有限公司
开　　本	890 mm×1 240 mm　1 / 32
印　　张	12.5
字　　数	251 千字
版　　次	2020 年 11 月第 1 版
印　　次	2024 年 6 月第 2 次印刷

| 书　　号 | ISBN 978-7-5645-7279-2 | 定　价 | 68.00 元 |

序：云上花开

侯 磊

云惠是我的同学、老乡、好友，我们都是社旗县人，高中时同在社旗三高就读，大学她学的是化学专业，后来做了生物老师。我一直不知道她会写诗，直到她发来诗集《一朵比一朵美丽》，嘱我作个小序，才发现她的诗写得如此绚丽多彩、清新俊逸、唯美浪漫、扣人心弦……就像云上花开，给人无限遐想。

云惠的诗歌，正像她的名字，充满了高远而盛多的仁爱和智慧，字里行间，无时无处不给人以愉悦、启迪和教益。无论从思想内容还是表现手法上，都真挚纯朴，匠心独运，别开生面，雅俗共赏，散发着浓厚的生活气息、人生哲理和烂漫情趣。

走进云惠诗歌，看、读、思、悟，全是享受。诗风清新，格调高雅，细腻委婉，像一幅幅画，扑入眼帘；像一首首歌，动人心弦；像桃源春风，惹人陶醉；像陈年美酒，清香醇厚，越读越觉得精妙无比。有时会被感动得心潮澎湃，热泪盈眶，情不自禁地为之击节吟唱，拍案叫绝。主要表现在以下几个方面。

第一，题材丰富。云惠近两年才开始诗歌创作，但涉及题材之广、数量之多，也是罕见。在她笔下，花鸟鱼虫，山水形胜，一草一木，生活琐事，苦乐情梦，上天入地，万事万物，无不涉猎其中。虽然没有特别重大的题材，但却时时撞击心灵，拷问心灵，解疑释惑，阐释哲理，解剖人性。这并不容易，没有日积月累长年积淀，没有多情善感一双慧眼，没有苦心经营精心提炼，实难开出如此朴实又璀璨的花朵。这些诗作充满正能量，对生活、工作、社会、人生的赞美、感叹和咏唱，没有怨天尤人。即使有些许淡淡忧伤，也是一笔带过，像是给饭菜添一味佐料。如《我总能轻易地找到幸福》，把"餐台""菜肴"，比作"凡·高的向日葵"；把"杯碗勺筷"发出的声响，比作"敲打的音乐"开出的花朵；把"你一言我一语"，比作"纯净无色的墨汁"；把餐饮的过程，比作"吟诵的十四行诗"。试问，不爱生活的人，谁能把餐饮写得如此美妙无比！《一朵花就是一朵云》："一朵花就是一朵云/纵使一切老去/云不会/花儿不会/花瓣落了/还有种子呢。"取材常见的花朵、云朵、种子，短短几句写出世间规律，富含哲理；《如果可以》："我想选一个合适的地点/把自己埋葬/最好是开满鲜花的草原 空气既纯又甜/我把听觉 味觉 触觉 一切感官/托付大地/了无心事 安然静寂。"死亡也写得如此美丽轻松，毫不畏惧，反却享受无比。她的诗歌，充溢着人性之美和希望之星，读着读着，就像是被牵走了魂，情不自禁地跟着她走，不由自主地

2

把自己带进去。

第二，手法多样。云惠的诗歌运用表现手法，打的是组合拳，拳拳带风。尤其是大量使用排比、比喻、通感、夸张、象征，以及疑问、设问、反问等手法，没有晦涩难懂，没有故作高深，诗句生动感人、亲切自然、意境迭出，具有极强的感染力和穿透力。《月色与炊烟之间》："温情和寂寥站在薄暮的肩上/彼此交换眼神/凉月纤细/慈悲若母亲眯起的笑眉"，修辞大胆新奇而不失贴切。《忽然间》："我飘浮/地球之外/醉听/这蔚蓝色的星球/一片寂静"，运用夸张手法，天马行空，令人思绪万千，回味无穷。

第三，语言精美。云惠的诗歌语言精于推敲，遣词独到，造句新颖，想象奇特，恰到好处。如《深爱的灵魂》，接连用"心香""暖烟""疏淡""厚甜""凝雪""怀珠"这些精准的词汇，给人眼前一亮之感；《向春天索要一点点种子》中"自酿""钥匙"等词，清新俊逸，特别是"万物交出自酿的气息"，用"交出"而不用"散发"，可见文字功力之深厚，好似信手拈来，正所谓"清水出芙蓉，天然去雕饰"，此是大从容；《赶来的路上》全诗共9句50字，寥寥几个场景，人物、动作跃然纸上，像一个小剧本或小小说，以最少的文字，讲述最多的故事。

第四，诗画一体。云惠的诗歌到处弥漫着诗意，几乎每一句每一节都是一幅画，每一幅画都饱含着意境，每一个意境都深远幽静，旷达灵动，充满美感、动感、立体感。诗中有画，画中有诗，融为一体。有的轻描淡写旁敲侧击，有的则浓墨重彩反复咏唱，时而汩汩泉涌，涓涓细流，时而高山流水，阳春白雪，几乎每一首都有此特点，这也是云惠诗歌最为显著的美学特征。如《期许所有美好，如约而至》，写了山野嫩芽、微风掠星、夜空光影、梦中蝶变、溪柳陌花、少年与树等意境，具象排列，画面叠加，完全是用画在作诗，用诗在作画；《今夜我属于星空》："河瀑　沸泉　青莲／许悠然向内观看／脚底老去的　让她心尖诞生／指尖短缺的　让群星照明"，一幕一幕，全是充满诗情画意的画面。

第五，感情真挚。情到深处应为痴，如痴如醉是真情的最高境界。云惠诗歌中的一片叶，一滴露，一丝光，一口气，都饱含着浓厚的感情色彩，敢爱敢恨，爱憎分明。如《疼痛》："也曾　祈求上帝／饶了我的过错吧／我愿意悔改"，表现了作者敢于披露真实内心世界，善于解剖自我的勇气，充满了现实主义情愫。《致某人》："一台造粪机　载不动的味／腐锈太厚　终于轰然倒地……每走一步／忏悔地画一个圆弧"，读到此处，不禁让人解气解恨，忍俊不禁，感叹不已！这正是，愤怒出诗人！一支笔，胜过三千毛瑟枪，难得是真情！于平凡中见新奇，平淡中出卓绝；于无声处听惊雷，惊雷处品无声。

第六，节奏明快。云惠的诗歌富有律动节奏，韵脚铿锵，读来朗朗上口，充满乐感。她把一串串绿色的音符，植入离心最近的地方，完成鲜明而独特的听觉冲击。旋荡的哲理，令人浮想联翩，回味不已，摄人魂魄。如《立秋》："太阳是一张大伞/伊人　撑起/轻轻　漫漫/拖长的倩影里/花生　玉米　稻田/手舞足蹈的狂欢"，开篇六句，如阵阵鼓点，敲得人心里怦怦直颤，丝丝漫淹，音乐节奏美的魅力表现得酣畅淋漓；《一滴泪　倾城雪》："写不尽/一生坎坷是非多/诉不完/一念成痴　坠冰河//人生如梦是蹉跎/终归是/飞蛾扑火/不缺来者"，长短句交替，读来真有"大弦嘈嘈如急雨，小弦切切如私语"之感。

此时此刻，有一些文字忽然涌入脑中：满怀智慧，满腔才情，满心善爱，满口莲花，满身诗意……我想，这或许就是我眼中心里的云惠吧！

"云"月八千里，"惠"心九万重！云惠的诗歌依然在路上，风雨兼程……

（侯磊，诗人、词曲作家）

目 录

第二辑　尘间爱

第四辑　花间月

第五辑　光阴船

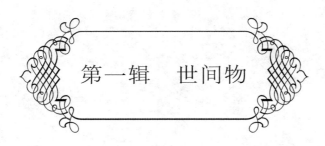

第一辑　世间物

来吧　孩子

我全身是泥

但灵魂里

有成群结队的花儿

一朵比一朵美丽

一朵比一朵美丽

稍不注意

天空便下起雨

松软的大地

水滴轻羽般划过身体

低垂的紫藤

满是忧郁

柔弱的小草　张开双臂

来吧　孩子

我全身是泥

但灵魂里

有成群结队的花儿

一朵比一朵美丽

叶落

今夜没有月光

今夜的月光被地球掩藏

风中的梧桐　叶子更黄

也许　明天早晨

你会落在那株青草的身旁

生命不会停止生长

今夜的水雾　空中游荡

渐凉的夜　无法阻挡

落在田野　落在屋顶

打湿鸟的翅膀

谁会拾起你

叶脉清晰的歌唱

也许　只有温度　听懂了

你奋不顾身地向往

归尘　重生的故乡

思绪的大雪

我的思绪是阳光下　纷纷扰扰的大雪

穿越阔叶林　针叶林

穿越苹果的红　松塔的鳞　落在田野

变成一株成长的芝麻

籽粒很小　但希望

油脂很大

我的思绪是驰骋在陆地上

骑手一样的甲壳虫

天大地大

一块石头　一个小坑

人仰马翻的可能

苦疼挣扎　蜕去外骨骼

变成铜墙铁"臂"

也许不该　向往高地

星斗般鲜绿的苔藓

让我找到　平静的归属地

怀揣不安

从吞噬一切的绝望中

发现真实的自己

遗落的果实

清晨　田间行走

两旁的玉米　甩棕色小辫　矜持

只透出一点点牙齿

红薯叶子浓绿　相互缠绕

根本看不出　地下根茎的大小

只有时光知道　谁都经历过

风雨飘摇

一群喜鹊落在田野那头　喳喳地叫

发现新大陆

我边走边侧耳细听

这刚收完花生的田地

除了土壤微笑的声音

连天空　都沉寂得亮明亮明

多少人说

秋天是用来怀念的

而我　却想拾起遗落的果实

等你　我心中的太阳

没有你

潮湿从空中走到指尖

屋子　衣服　眉毛　食物　全部发霉

菌丝从心间一点点抽生

孢子扩散　飘落满地

等你

用明媚的温柔　托起花儿的低迷

等你

用折射的调色板

将撒落的种子从泥水里托起

等你

用跳动的音符

铺满昏暗的小屋

没有你　我的世界一片狼藉

一棵树的告白

即使不能站成风景也一定要站直

即使风一页页掀黄扯碎我的叶子

把它们抛在水里落在泥里

即使岁月皴裂磨皱我的外衣

我也要向天空使劲地张开双臂

我拥抱天地赠予的阳光空气

我拥抱四时经历的风霜雪雨

我拥抱过往的飞虫小鸟

甚至一朵小小的飞絮　而这些

都比不过

我更想拥抱你

根底抽生的泪水　一点点漫过

茎叶　幻化纯粹的氧气

假设你还在尘世里呼吸　就尽情地欢笑吧

你的笑容里有我的细胞

裂变　聚积　密密实实的相思

一岁一岁的年轮

裹在粗糙的皮囊下　托付

这世间最深厚的情意

劳动的快乐

清晨　你是屋檐下

歌唱的精灵

将梦唤醒

日间　你是花丛里

忙碌的蜜蜂

采撷的蜜　香甜弥漫

雨夜　你是闯入睡梦中的那只蟋蟀

滴滴答答的雨声　哪有你

空寂的幽鸣动听

劳动的快乐

早已穿过忧伤

和夜一起安歇

一只鸟的诉说

为了飞翔　手臂用力拉伸　化成附羽的双翼

为了飞翔　不停地啄食

心脏每分钟几百次的跳动　偾张的血脉

从来不停　输送能量

为了飞翔　双重呼吸　氧气时刻鼓满胸膛

时光的长廊　化石　封存泣血的成长

我知道　叶落的时候要飞往远方

秋雨霜冻　打湿翅膀

风餐露宿　遍体鳞伤

但我乐于如此长途跋涉

带不走冬天的飞雪　一定能

带回春天明媚的霞光

所以啊　不要忧伤

夏天的枝头　我烧沸了的深情

至今还在回荡　假如

有鸟儿衔天空的颜色飞过你的身旁　相信吧

那是我穿越了梦中的向往

只为告诉你

尘世里　有一种丰盈像鸟翼

始终　不屈地折射

金色的希望

种子

一

把我埋在土里　无非是渴望成长　期盼

怀抱一堆果实

此刻天空湛蓝　也许

你一辈子都不会看见

我怎样从厚厚的夹壳中

歪着脖子逃出

静默的泥土

掩盖空无的骸骨　阳光和雨水

抽打头颅　疼痛

给予富足

二

植物开花很美

只长叶子不开花也很美

假如长出叶子

需要很长时间

那么　只要能发芽也很美

假如　春天没有把种子唤醒

但只要　没被雨水侵蚀

只要是种子就很美

因为　总有一天

种子会醒来

一滴水的前生今世

本是天空的花朵

羡慕人间的烟火

一滴雨　坠落

我在大地万物的身体隐藏

一呼一吸的频率　让生灵

互通气息

热淌的汗水

为生命和劳动书写酣畅

滚烫的泪水

委屈和痛苦释放

而这一切　全是因为

我爱你

如果遭遇太冷　结成冰

献出纯粹的晶莹　开成花

无与伦比的花色绽放

舞一场　天与地的绝唱

但只要　你愿意伸出手臂

我情愿瞬间即逝　融化

你的指尖心里

当天空和风一起呼唤

我的灵魂化成蒙蒙的雾霭

结一滴一滴闪亮的露珠

缠绕不舍

如果　我们相遇

你会不会认出我　用舌之吻

带我回来

再看一世

这尘间的烟火

桂花夜未眠

当我闻到桂花香的时候　便知道

你要永远驻在我心里了

暮色静谧

凝望一簇簇轻摇的花粒

对视　咧嘴轻笑的孩子

最原始的纯真　无邪　简单

瞬间　所有欲望痴狂消失

夜已深　秋正浓

月色微风勾勒星光下的背影

轻轻地沿路一一抚摸

无限的爱意

涂抹每一片花瓣

世界睡了吗

这纳尘吐香的桂花呀

始终醒着

落雨探春

彼此沉默的窗前

一滴水　折返了一个冬天

枯叶霜冻　飞雪绵绵

酒器上　烈焰呛出的泪珠

闪着五谷孕育的艰难

记忆的梦境

辰星低语　暗河涌动

轻烟托举　月光轮回

花蕾一样　再现

静静的屋檐

落雨探春

手摘一颗　入怀

相逢一株紫色风铃

海边弯弯曲曲的小路　一株高大的紫色风铃

枝条摇曳　如秋天舞动的水袖

尽燃的花朵　抖开

忘尘无我

你一定重生过

脚下稀薄的泥土　见证

受过的伤　吃过的苦

沧桑坚韧的躯干　永远

向大海的方向凝望　阳光下

温婉如诉的低唱

几人　细细体谅

我是匆匆的过客

你不会记得

短短的相逢　深深的惆怅

我挥挥手

遗忘

你不知道的一切

雨夜的箫声

零星的雨　行人匆匆

穿过暗夜的无声

半卧在河堤石栅栏上

的吹箫人

陶醉

音律穿透城池

听与不听　注定

爬上心墙

走近　聆听　我们成了朋友

遇见

有些　遗忘

有些　温暖一生

蝶变

因为太丑　多少人嫌

默默躲进树林　翻书般

汲取　叶浓花甜

成长的苦痛　坚韧的外骨骼

一层层蜕变　这些

仅是磨炼的一小段

何事惹秋风　叶枯枝干

身无藏处　吐丝结茧

自缚于黑暗的空间　霜冻　冰封　酷寒

岁月慢慢　每一个细胞

忍痛裂变

惊蛰的响雷　炸破桎梏

借力春姑娘纤柔的双手

挣扎逃出　噩梦深渊

涅槃重生

彩色双翼　仙女撒下的花瓣

逍遥蹁跹

幻海人间　莫道

时光太短

拾荒者

大桥下面

拾荒者

在角落的花坛上睡去

光影和舞曲做的棉被

一定很温暖　除却疲惫

只是不知道

舞人散去　子时以后

灯光暗淡　你

会不会被冻着

醒来

雪（四首）

一

雪藏在云里　窃窃私语

下落

找准时机

公交车一路狂奔

那些种子　没有残疾

有休眠的　不过是

抵抗天气

我投石入湖

催芽

考　不能解决问题

笔下纷飞的白　坚硬

写满愁绪

孩子　严冬的白

六瓣花柔软　润湿

神经突起像根毛

触碰春回大地

二

春水初生　婴儿的明眸　纯净
适合　所有容器

谁的世界　没有煎熬　烤晒
也要向上努力

暮秋的黄是因为失去　天空的黄
不要问　凝结的琥珀

三态之外　坚硬与柔软之间
独有的花色　是华美的仪式

三

雪是个纯白色的孩子　淘气　顽皮　走路带风
田野　屋顶　枝头落座
大街小巷　角落　表达深厚的爱意
冰的润滑和温度　逗莽撞的车辆和行人
脚底咯吱咯吱的笑　从天空

悄悄钻入　绝色的柔美和包容

抚慰冬的寂静

假若你正捧一团炉火

向外凝望　不如打开窗

让她落入你怀

或是　走出去

融入她心

四

土地　嗓子冒烟

可空气暧昧

那些有拖延症的黄叶耍赖

哎　雪是谁呀

高洁冷艳的仙女

不是真爱

决不下嫁

神话

后来　堵　失去意义

鲧死了

大禹从鲧的腹中蹦出

疏通九条大河

洪水熄火

不再大发脾气

我手捧经书

泄去洪荒之力

心湖有光

一风不起

生命像一团毛线

生命　像一团毛线

越用越短

有时候　你不得不打个结

然后　再向后一寸寸续延

生活　像一团毛线

谁人用手牵着一端

甩起高低起伏的波浪

振幅　随时间的推移

越来越小

宛如一个人的欲望或心境

最终　归于本原

从土里刨出的孩子

细雨无声　这一片肥沃的土地　旷寂

飘着亲切而熟悉的气息

仿佛听见老辈人谆谆的话语

土里刨出的孩子

读书要用功

做事要卖力

做人要干净

儿时虽懵懂　恪守成行动

苍天有眼　大地厚情

百年后

无愧的人才能安心

和母亲再次相拥

时间之外

时间之外

宇宙像玩偶

众星　孤独运转

蓝色的地球

苍穹中　一滴眼泪

结了冰

农田　森林　水系　城市

海市蜃楼

日光的明灭中　生灵们

皮影晃动

没有配音

骄傲者自以为是

卑微者暗自低头

冰很薄

不知谁会一脚踩碎

这些　连风都不能预知

你我之间

你是土地生出的最普通的孩子

没有青松挺拔　但虬枝苍劲

为了托起小鸟的飞翔与栖息

母亲心里固定　无数根基

你是天空最爱的孩子

恩赐雨露　阳光　空气

只是偶尔　狂暴霜雪　考验意志

更多时候　清风梳理　纤纤鬓丝

弹起天籁之音

白云姑娘闲坐枝头　微笑收起

你是画家眼中转换的四季

春夏秋冬　光影之上游离

叶纹与缝隙　色彩与疏密

明暗错落　美妙的层次

你是万物相依为命的伴侣

没有你　呼吸窒息

你是屋宇构架的骨骼

你是点燃温暖的火炬

你是笔墨书写的载体

你是长颈鹿口中的食粮

其实　你就是你

伟大而渺小的自然之子

用静默交付　纯洁与感激

你我之间　也许只是

隔了层欲望和温度合成的皮

风

风　究竟是什么东西

怎样形成

从哪儿来　到哪儿去　为此

查了辞典　上了网搜

问了物理老师

他们的解释太生涩

太阳　地球　运转　摩擦

其实

根本没那么复杂

说白了

风就是自然的箫声

有时　她吹的是心情

有时　她奏的是情怀

移花接木之蔷薇

花芯深藏

前世的惆怅

枯瘦的砧木

一朵碎小的白　一个温柔的名

切骨移花

一段枝　一片芽

泪水流过的地方愈合生长

任月亮嘲笑　裸露的伤

此刻独自芬芳

此刻有蝶有蜂正忙

惊艳几世荒凉

母亲依旧慈悲

燃烧年少的梦

光芒万丈

晒干的葫芦

看见你时

你正望着我低语

绿叶黄花　你的青春嫩得掐出水

一起在母亲身上歌唱的姐妹

远嫁

灶台　五味煎炒

不甘的轮回　去了又来

只有你　拣选　晒干

所有眼泪和血脉　木偶般

挂在门口　摆在展台

过往的风和流云

指认叫卖

没有谁知道

攥在胸中的种子

童话中的白雪公主

抑郁沉睡

向日葵

迎着你的目光

痴痴仰望

每天　繁华落尽

你荒漠的背影　寂寞了

谁的惆怅

午夜梦回

颗颗相思的泪　化成种子

疯狂地生长

清晨　你眼角的一抹浅笑升起

忘了伤

幸福地张望

你的世界太小　小得只有太阳

你的世界太大　大得只有阳光

结网

一点点贮藏能量　然后
释放　吐出柔丝
织成千千结
织成千缕衣
织成梦般闪着金光的
一片汪洋

等你来　跌落心海
拨动我的弦
裹上绵长的思念
跳出生命的绝唱

从此　囚禁在我的心
每一个细胞
散发　融化的芳香

一棵小树一个断臂维纳斯

三月的风　花影婆娑

笑意揉进曼妙的水波

静静的小船　乘风摇荡

依稀谁的脚步　踏岸击歌

我兴奋地站在这里眺望

扎根　生长　请不要怪我一无所有

瞧　张开的断臂

刚好可以拥到　暖暖的太阳

芜萍

天上　星光熠熠

人间　灯火万家

这静静的夜晚

你的梦是涩还是甜

有没有谁陪你

在身边

起风了

月光下　灯影里　黑暗中

漂荡在水波中的

小小的小小的芜萍

悄悄盛开

灿若头顶的繁星

苍耳

踏入那片草地

是因为一朵花　无与伦比的花

走近　蹲下　细细品她

告诉她

我的世界　我的想法

最终　没有打动她

傍晚的惆怅中　整理行囊

惊喜发现　苍耳

这小小的种子

不知何时拽着我的裤脚

回了家

蜂巢及随想

偶尔　对着蜜蜂的蜂巢发呆

奇妙的构造　竟如此一致

仔细用肉眼凡胎分辨

察觉不出差异

小小的蜂儿

定是观测　记忆　定位高手　不然

怎能毫厘不差　找到住地

假设　有另一个物种

闲来无事

观看地球　会不会

惊奇于人类的智慧和愚昧

假设

他知道人的心思

蛇

蛇在屋顶晒太阳　一只鸟停落

没来得及伸出信子

鸟　飞去南方

南方

北方

处处有吃不完的浆果

一只硕鼠

不停搬运

地下皇宫　贮满食粮

下雪的时候　儿孙不用慌张

蛇行无声　雷厉风行

红外线成像

一窝硕鼠饱了肚肠

宫殿　正好

供蛇冬藏

梳子

小时候　梳子是奶奶粗糙的手指
在头上不停地敲啊敲
企望唤醒　淘气的心

长大后　梳子是一张琴
阳光下铮铮有声
夜间独观
三千烦恼丝　结成一团麻

现在　梳子是一把梳子
云很轻　风很淡　一日梳头上百遍
不求华发变青丝
只是　促进血液循环

蝉与禅

忽然想到一个问题

小蝌蚪尾巴消失　长出四肢

是疼痛还是快意

鳃消失　陆地呼吸　相对水中

哪一个更惬意

人类　母亲的羊水中幻化

出生的那一刻　人世的第一口空气

为什么撇嘴哭泣

不要告诉我

万物同原

生命的真谛

莫不是　蝉

钻出黑暗　占领高地

温度是个善变的孩子

温度是个善变的孩子

受困于地球　喜欢发脾气

心情好时　乖巧　温柔　和美

轻拂山野　森林　城市

花园里看日出

星空下画麦田　豌豆　向日葵

烦躁不安时

体内的热分子快速膨胀

冰山　陆地　海洋　空气　碰撞加剧

海啸　雷电　暴风雨

拗不过它的无理

可它安静时

冰冷　沉默　窒息

宛如哲人凝神

霜冻　雪封　透明　流动

思考宇宙和尘世

存在的意义

塔吊司机

说你是战士　猎人

一点也不夸张

瞄准　上膛

猎物准准地　吊上

那些轿车的方向盘　怎能

和你相比

充其量

是一双鞋

穿在路人的脚上

而你　承载的是希望

生活　灵魂的安放

你手上厚厚的老茧

是岁月给你

最高的奖章

掰玉米的猴子

一个叫卖

一个消费

用旧的情节　一演再演

辣椒　茄子　机械　屋子何其无辜

提袋子的老人　捻须端坐

锱铢必较的　未必有好收成

浑水摸鱼的　也许被咬了手

装聋作哑的傻子　可能更精明

生老病死的街道

一只手在抓　一只手在扔

掰玉米的猴子

最终被关　笼中

孤独而终

送我一朵莲

轻水　轻尘　轻烟

婷婷袅袅的舞姿

世间最美的花仙

谁在一池空凉的岸边

折一枝俊逸的菖蒲

做笛　抖落一滴露珠　蹦出

一个精灵

送我一朵莲

素心　静默

脱去尘世的烦扰

清幽浸润的花瓣

燃心灯一盏　两盏……

太阳

从来不敢直视你的面容

裹不住的光芒太耀眼

我低头闭目

你弹唱的音乐敲打山川河流

握一片绿叶

恰如握你的手

沉浮与沧桑

海底过滤

永恒高贵的灵魂

坠落　像初升一样华美

生生不息的温暖　赋予

一切生命的意义

合理密植

繁杂的生活让人疲惫

看看田野

作物需要合理密植

稗子和牛筋草喜欢扯皮

阳光照不到的地方

彼此受累

森林也有圈子

是苔藓就甘心匍匐在地

不是所有的鸟都选择高枝

不必刻意

讨好

会丢失自己

世间万象

绝不是每个人都值得接近

神秘的艺术家

空气似乎有一种穿透力

屋宇在金色的光线下明亮清晰

枯瘦的树木喑哑

弱弱的呼吸　色彩与阴影

合成音乐　弥漫

宝石蓝的苍穹　静谧的街区

匆匆的路人　恍若跳动的音符

赋予自然特殊的痕迹

夕阳　神秘的艺术家

肆意泼墨　几何般透视

月亮　以看客的姿态

高高挂起

寂寞的水井

雪山的精灵穿越戈壁大漠凝成秋果一颗

草原的血脉走过湿地沼泽花开清纯一朵

大海的女儿飞跃星河云阔聚结珍珠坠落

土地的爱子追风而去今又唱和

我坐在十二个时辰中

听雨敲窗

千万个水滴劈开无聊的我

我是你的一滴泪

隔着尘间柔中带骨的外壳

心底的寂寞

像深秋的水纹线

一层层回落

苦恼的鱼（外二）

秋天不会刻意为我降临

红杉树小小的果实不会为我掉落

除了自由　没有任何值得注意

我的血液　沉默在水里

宛如水　潜藏在肥沃的土地

我和植物是孪生姊妹

温度和阳光

有不可解释的奥秘

叶子落在根底

我宁愿守候　在偏僻之地

接受风雨

我讨厌与雕花对视

缺心眼的鱼

桥沉默　泥沙静止

有鱼上岸

车马声喧

人心有四个腔

比鱼多两个心眼

左右不通　血脉相融

江河　处处通途

陆地　只有一条

夜钓花色

一艘小船　静躺

夜钓的人

全神贯注

不知道

有没有鱼儿撞上

河水微漾

宛若沉淀的花色

光影斑斓的粼粼波浪

早已被轻轻地钓上

蜜蜂与花

一

不是所有的东西都能抓到手

抓到手的　也不一定属于自己

站在祖先站过的土地

开花　凋零

如同尘封的所有故事

我收藏一个梦般的存在

如你奔波劳碌

采集甜蜜

二

你对着阳光绽放

色彩和芬芳

我跳一支圆舞曲

吻你

有限的光阴

我们沉醉

果实与蜜

是彼此相爱的献礼

狩猎

沉吟的大地　薄雾献唱

所有生灵　她疼爱的孩子

树影摇曳的森林

一只灰兔　梦般游向更青的草地

簌簌坠落的黄叶

猎人眼中飘飞的大鸟

屏着呼吸

心脏跳出三十米

说实话　没有任何猎物会主动献食

除了阳光　空气　水滴

思考的器官包括

眼睛耳朵鼻子

丛林法则

物竞天择　有时

成功　靠速度

耐力和运气

晒麦子

麦子为什么会生虫呢

我把一大袋小麦倾倒在地

肥头大耳的虫子像蚂蚁

弃巢而出　　爬上玻璃

爬上墙壁

浩浩荡荡的大军　　颠覆想象力

它不属于大地　　甚至空气

贪婪无度　　寄生麦芯

掏空汗水和艰辛

阳光好啊

了结它的梦

晒一晒

不劳而获的

逃得再远

终将暴毙

孩子

孩子是天生的哲学家

像牛一样啃草　像猪一样玩泥

追逐一只蜜蜂不停地问　太阳的家在哪里

他的想象有翅膀

简单得像水　回答像雾

他开的花　是奇葩

能把空气净化

他的眼瞳　是透视镜

小小的小小的精灵

你跟在他后面向前冲　他躲在你后面瞪眼睛

撇嘴时掉下的泪珠　融化　所有冰封

山河失色是他　城池起火是他

点亮星空是他　霞光乌云是他

高深莫测是他　单纯天真是他

戏剧闹剧是他　观众听众演员编导

全是他

哲学家　思想家　画家　作家　航海家

所有的头衔　全归他

音乐

世间最妙不可言的精灵　是流动的音符

云烟氤氲　轻轻慢慢　舒展

每一个细胞　浸润濡染

世间最不可停止的脉动　是跳跃的音律

光影烟花　瞬间转换

所有情感　照亮点燃

世间最神秘的恋人　是闪耀的音节

老树纵横交错　缭绕的根部

紧紧　牢牢　四面八方

一点点爬满心房

音乐　上帝最奢侈的馈赠

演奏人生种种画卷

风光旖旎　光影暗淡

铁骑战马　黄沙漫漫

有人天涯望断　忧伤怅然

有人拉弓射箭　生机无限

只有花儿才知道的小溪

只有花儿才知道的小溪

嫩芽　微风

萌动　苏醒

辽阔的天空作镜

秀发流苏般轻盈

也许　卑微渺小　你无可守候

细弱的　玉珠般灵透的歌喉

唤不来　春归的燕　跹飞的蝶

默默　藏在自然的空旷里

像一匹不停奔跑的马驹

明净和清澈

诉说对大地的热爱

上善若水

你低　流向你

你满　转身离去

像天平　我的心永远含着慈悲

可以借风　可以借势

高山峭壁　不能阻挡

万丈深渊　奋不顾身

可以化云　可以作雨

高高在上　我是你眼中最美的浪子

一声断喝　甘愿匍匐在地

百炼钢曾是绕指柔

雪花白倾覆世间所有的色彩

微不足道一滴泪　开窍愚笨的石头

晶莹剔透一珠露　折射灵动的万物

最小的也许是最大

最弱的可能是极强

为而不争　上善若水

高跟鞋

华美精致　孩子眼中的酒器

观赏展玩不可啜饮

假若不是十八岁的那场初恋

假若不是王子的那场演出

少女不会弄疼自己的脚骨

这世间很多东西可以驾驭

权力　财富　山川　阶梯

但男人对她永远不要企及

她的模子里装爱

贞洁和态度

并驾齐驱　才能长久漫游

女人的聪明和才智　几乎一生都在

幻想中消磨

摇曳的酒色　永恒的风韵

所有热爱生活的人

宛如啄木鸟

反复敲着两个字　不累不累

最终　岁月削平跟底

揭露内心的失落　软弱和恐惧

情不自禁　倾心朴实和不完美

生活

凡是你喜欢的

我都喜欢

凡是你厌倦的

我都厌倦

送我一朵玫瑰

还你一座花园

为了爱你

灵魂甩远

曛烟在暮色中盘旋

磨碎的忧伤

一点点弥漫

请赐我一杯陈酿的老酒吧

对着星星

把苍老的长夜

一口喝干

抑郁

也许　一件事情的膨胀或消亡

仅仅是　一丝敏感的破膛

一孔缝隙　滋生郁烦的温床

让快乐为忧伤　疯狂生长

没有人知道

黑色的花朵　飞溅绽放

宛若孢子　满地飘荡

炼狱般吞噬的魔掌

从此　世界再无亮光

所有的屋宇坍塌

心门封闭

一个人

沉迷　自吟低唱

我总能轻易地找到幸福

我总能轻易地找到幸福

抹布擦得锃亮的餐台　亲手烹调的菜肴

堪比凡·高的向日葵

杯碗勺筷敲打的音乐　配合　你一言我一语

味蕾兴奋　开出花朵

唾液腺喷出三十七度纯净无色的墨汁

美妙的餐饮　比吟诵的十四行诗

吸引人

谁说影视剧只需看开头和结尾

人生的两端　谁不知道　生和死

哥伦布发现新大陆　假设忽略过程和不测

怎么会有奇迹和未来

珍惜当下　容忍未知

每一天都有幸福的能力

每一集都有生命的真谛

不愿做贪得无厌的人

不想抱怨冬天的寒冷夏天的燥热

不用玫瑰色的眼镜过滤　一束花　一片云

知道自己的优劣　不必永葆青春

我只想

做一个幸福的人

天空蓝　大海蓝

天空蓝　大海蓝　鸟喜欢　鱼喜欢　我喜欢

草的绿　树的绿　大地喜欢　阳光喜欢　我喜欢

夜的黑　煤的黑　星星喜欢　火喜欢　我喜欢

云的白　雪的白　雨喜欢　冬喜欢　我喜欢

脸的红　心的红　你喜欢　他喜欢　我喜欢

因为看见　所以喜欢

因为热爱　所以留恋

因为拥有　所以知足

离心一寸是红尘

璀璨的星空下

浮华世界的大门

悄悄关闭

谁为树木披上金色的外衣

星　月　灯　流水

斑斓另一个天地

什么背景　物力　财力

什么身材　衣着　脸蛋　谈吐

统统可以忽略不计

轻柔的风　抚摩静寂的夜

竟然觉得拥有

那么多奢侈

默默地答应自己

不管怎样　我都选择

爱你

借我一双能飞的翅膀

天空对鸟儿说　来我的怀里吧

云淡月明　你是自由的精灵

大地对鸟儿说　住我的心里吧

水美物丰　繁衍生息　喂养生命

鸟儿离不开大地的生活

鸟儿向往高天的辽阔

微微的风　借一双能飞的翅膀

从此　鸟儿活成了我的想望

向春天索要一点点种子

垂柳和春花

编成叠香的彩环

忠实的犬陪着

穿过三生三世十里桃源

微凉的风　掠过蓝色的水面

万物交出自酿的气息

我心甘情愿

掏出思想的钥匙

不愿踩碰一朵花　一片绿地

只是偶尔

有些渴望　想向春天

索要一点点种子

剧中的灰姑娘

吊灯镶钻嵌玉　迷幻的美丽

金碧辉煌的墙壁

象牙白的浮雕　丘比特和维纳斯

桌椅圆润的弧度　触碰低回的小提琴

饱满明亮的赤霞珠　酒杯轻摇　凑近鼻吸

优雅浪漫若梦中沉醉

可是那谁　只喜欢萝卜　白菜　面条

这些银质的餐具

和她有什么关系

窗外的星星　孩子清澈透亮的眼睛

喧嚣的城市熟睡了

灰砖垒起的轮廓　掩埋多少落寞

窗下沙沙作响的树叶

是梦中流淌的不安分的血液吗

谁人愿意　倾覆一切　仰望爱情

世俗面前

不是每个灰姑娘　都能找到合脚的水晶鞋

廉价的爱　有时

对自己是一种伤害

穿过对酒当歌的街

向日葵每天围着太阳转

喇叭花每天对准太阳吹

万物的身体里　是不是

都住着一个倔强的精灵

比如某人

总在梦着诗　写着梦

穿过对酒当歌的街

谁在摇头晃脑地唱

都是捕风

变脸

温度突然翻脸

瞬间毛孔收缩不知所措

为了不受伤　穿厚厚的衣裳

北方的北方　泪水已结冰

冷气一口口吸进胸膛

纵是薄如羽翼的肺泡一层层温暖

吐出湿漉漉的气息

它冰冷冷的传染也无法阻挡

大地冰封　不再生长

北极熊　青蛙和蛇

揣着贮存的能量　寻找入口

深深躲藏

只有树木

经历春花夏月秋硕

不惜　碧绿换萎黄　再一叶叶脱光

铮铮傲骨

和严寒对抗

你的眼睛

不要说　猫的眼睛白天眯着

晚上醒

黑暗中　瞪圆了寻找光明

狩猎　必须聚精会神

不要说　兔子的眼睛双开

不为四时的风景

只为生存　趋利避害

比目鱼说　生而平等

没有谁规定

必须生活在哪个阶层

最初的那段懵懂　我们领略

水面的光明

融骨移位的疼痛　潜栖海底

只想享受　最美的爱情

也许　你的眼中

演绎了全世界

假如　单是为了生存

一种就行

一只画眉的歌声

我们的祖先不用掏钱买水喝

只需找到一条河　后来

人们挖井　现在

很多井水不能喝了

自来水　装上净化器

我们的祖先耕种打猎　兽皮桑麻做衣

他们围着篝火喝自酿的酒

手舞足蹈　日落而息

而今需要掏钱买了　包括睡眠

有时　可能买不到真的

我特别感恩

有真诚的笑容

可以呼吸自然的空气

看月落日升　满天繁星

还有　一只画眉的歌声免费听

三个女人一台戏

李静说　来吧　安妮在
我们仨　喝茶
上午十点　驾车九十里

亚麻台布　手工刺绣　浓墨青荷
琴台　细香　仪式感极强
这些梅花最爱　几年前
唉　她忽然逍遥　尘土之外

三个女人一台戏　我们窃窃
没有说　干燥的天气缺水少雨
没有说　牡丹太娇　不如月月盛开的月季
这年龄　谈理想太晚　谈现实太腻
茶是好茶　我们没忍住
吃了家常的大锅菜

短暂的小聚　释放某种情绪
傍晚分别时　我们如水
只说　注意身体　注意身体

疲倦

疲倦　不是个好词

但有时身体不听话　有时　是心情

像七月的雨　一阵一阵

凋零的黄叶

踩在脚下　旧伤

蜂蜇一般

我知道　炽烤的露珠

不是眼泪

拔除内心的奴役

生活

也许很简单

矗立的电线杆

远山苍茫你默默眺望

天的那端　地的那边　虚无

像我

半截戳在土里

拥有河流村庄风雨和空气

拥有每一个黄昏　日出

二十四节气

一滴水来自苍穹

流过鱼虾花鸟虫兽

挂在枝头的一珠装满全世界

内心的花海

比头顶的一汪蓝纯粹

我游走　穿行　一念不生

寂寥堪与你抗衡

得到　失去　自我修渡

像脚下平凡而疯长的草

活着就是意义

一块麦田一片红尘

四月　小麦拔节抽穗的声音　引来麻雀和喜鹊

蚜虫瓢虫奋不顾身　麦禾间角逐

麦花　含蓄浅淡

除了善于钻空子的风　连阳光都静默不语

蚯蚓　蝼蛄　蛇以及田鼠

蠢蠢欲动　各怀心事

那株稗草为了显示高贵

疯狂地伸长脖子

宣布　这肥沃的土地

谁都别想与它争风夺雨

这算什么呢　历经四时冷暖的小麦

一点点灌浆

沉甸甸喜人的样子

路灯夜未眠

路灯整夜未眠　　思想

愿意为所有过往　　提供光

夜蛾　蝼蛄　小飞虫　不自量力

悄悄密谋　乌云蔽日

醉酒的大汉　　挥霍压抑的放肆

谁都无法安慰

悲伤的源头有快乐

寻找　完全靠自己

月亮和星星住得太远

仰慕仰视的时候

谁在意眼前风雨无阻的坚持

收敛身躯　阳光升起的那一刻

乌云　渴死在灯影安睡的脚底

螳螂与花没有关系

麻秆花沿一条大道绽放

浪漫叠穿空气

年少的螳螂　无视满径花蜜

只为寻找

灵气

藏在蝶蛾体内

赶在秋天前成熟自己

也许　诱惑在血液

谁不知道

嘲笑别人比奉献容易

你感叹的伟大　不过是

它最纯粹的归宿

你是柔风吹过四月的云朵

你是谁　闭眼静思时

马路上的汽笛正鸣

我猜

你是水　无声地流入江河

你是尘　时刻掀起泥土的花朵

你是气味是音乐　是建筑是诗歌

是鸟飞过时燃起的落寞

我猜　你是柔风吹过四月的云朵

是夏雨洗过的青荷

是秋菊舒展的浅笑

是莹洁滤过的冰雪

是爱　是真　是喜悦

行走在质朴的大地

是神仙羡慕的烟火

是世人心甘情愿追寻的圣果

你是爱

爱是你

翻手覆手

不敢肯定

天空的云就是曾经的雨

很多事　自己也没弄懂

翻手覆手

是不是也要经历苦痛

往返的风　无声

内心的破洞

修复

四方宾朋　杯酒倒倾

不如阳光

一个笑容

请星辰做厨师

我想在海上开酒店

消费者　水中不用呐喊

原材料　比如罪恶　败坏　不请自到

咸咸的海水　腌制举杯

喂鱼喂虾喂所有流泪的心跳

我想扯白云做棉袄　努力奔跑的生灵

不会像失去天空蓝的鸟

我想请星辰做厨师

月婆婆站岗放哨

所有审判过的灵魂

要么去天空牧羊

要么去海底坐牢

漂泊的云

你匆匆忙忙地赶场
无视我的仰望

遇见　是偶然　是意外　是必须
但绝不是无缘无故

我不纠结了
你不会留意　我的心事

风正在来的路上　谁的一生不像云

只愿有一天　你沉下身子
踏踏实实　砸在土里

我有些消极

见过一个黑衣人

暮色下的白玉桥上

费力雕琢　一个名字

无视

路人围观　无言沉郁

刻记

是爱是恨　何苦

万人踩磨　风吹雨淋

忘记　一个转身

记着　一眼入魂

南风吹过沙流

南风吹过沙流

烟雨垂柳　可否打湿

音韵　意象　复沓　跳跃

飞翔的鸟　没有诉求

鱼在水中享受自由

心到的地方　就是绿洲

我不在意你的框剪

思维的穷困

比艺术的形式更让人忧愁

冬天的雪下

打开一罐蜜

囚禁的香

无痕

清悠

不治而愈

许你赏花观月

听岸边的蟋蟀扬声低鸣

许你敲窗落雨

昨夜的星光照进梦境

许你隐藏

夏绿冬雪寂静

天空不会掩上门扉

懦弱和脆弱在悦纳中平衡

无能为力我缄默不语

辛苦的风不远千里万里

常常啊常常忘记

你我匮乏与共

杯中花开

你对着太阳起誓

让蜜蜂和蝴蝶见证你的香艳

谁的眼里飞出贪婪

不许春风　吹开眼帘

钝疼和心颤

藏在陨落的花蕾深处

缄默不言

今夜月色很美

今夜注定无眠

一杯水的清淡

能否　还你一缕清魂

世间繁华　终归平凡

让我宠你爱你　掬几朵温存

开三千痴缠

致某人

吸烟喝酒乱发脾气　那么多优美的词不说

生偏难听　炉火纯青　懂的说你可敬

不懂的说你可憎　指手画脚

喜欢的高举上天　讨厌的打倒踩扁

仿佛唯有你手握真理

窗内窗外　雪白的灰　一台造粪机

载不动的味

腐锈太厚　终于轰然倒地

从此你不能发声　歪向一边的嘴

只能呀呀嘶鸣　仿佛炮声回落

平静　这世间最温柔的言辞

那只踢坏了 N 多双鞋的暴足　每走一步

忏悔地画一个圆弧　为了苟活你不得不走

其实太阳不在天空在心里

大海波涛万里却默默无语

心态好　包容万物　人间万象何必偏执

放低姿势

爱　是最好的治愈

自然的供奉

惊奇一杯酒　　不亚于一朵花开

弯月与镰刀　　除了具象　　还有幻想

收割　爱情　谷物　桂树

而飞行服与长颈鹿

怎么都认为风马牛

惯性　缺血　仿生

我们的祖先曾长期踽踽独行

感谢一切灾难和竞争

脚手并用

学会思考　明辨　不甘　挑战

燧人氏钻木取火　神农氏百草尝遍

瓦特　莱特　脚下生风

崛起的世界　蝴蝶与人造卫星

眺望遥远的苍茫　前人的肩上

智慧和文明

敬畏中感恩　自然的供奉

最朴素的一粒

我乐于如此奔波

在我还有能力之时

我愿意奉献自己

在我还没有完全空虚

我愿意当人梯

当我还能撑起

时间的脚步谁能控制

岁月的河流了无痕迹

我无能为力

我的爱是泥

实实在在的包裹　值或不值

我不愿板结　不愿贫瘠

我愿倾其所有

即使被风掀起

落下

还是最朴素的一粒

我像一只热气球

除了去学校教书

几乎封闭

洗衣做饭打扫房间

听喜欢的音乐慰劳自己

周末的阳光特别灿烂

躺在客厅的沙发上

浏览网页

光线斜斜地倾倒全身

仿佛不是十月而是夏季

全世界都在更新　除了我

像一只悬在空中的热气球

幸福又无所事事

愤怒是一堆干柴

愤怒是一堆干柴

该死的无名火

烧坏脑子　烧坏嗓门

燃尽　竟有火星如雪

宁静轻灵

废物堆积太久　不如毁灭

我知道

随后的一场雨将冲刷

连同悲伤一同消失

唯一遗憾的

是那晚月光如水　分外圆明

气恼让我　丢失自己

一束光照进屋内

这一天　不谈自己

最好打扮随意些

去闹市

卖服装的小姐姐喊美女

小商贩的抱怨和叫卖

分明是一支混合的歌曲

除了生活　没有动机

这一天　不谈别人

无须打扮

去田野

叶片坦荡　一撮泥

有香魂　清冷的秋　最能

平复心意

这一天　没有自己　打开窗

阳光梳洗

闭眼坐行八万里

我的空间寥廓　满是感恩谦卑

嫉妒天气

暮秋初冬　　阳光反常燥热

会不会有一种气息来自你

落叶黄如烟红若霞

此刻的月季绽放

比春天艳丽

我没有返老还童的运气

哪像你

任性　　拖拉

拖泥带水　　没有秩序

酷似谁的任性无理

请原谅

这世间

我不能抱怨任何

除了天气

人工降雪

一抹枯黄划过麦田　　残叶扯烂

高调地挂在树梢

摇旗呐喊

多数缩头洼沟

等待入土为安

人类用碘化银和干冰轮流做媒

最长最暗的夜

需要祥瑞

一场无比荡漾的洁白

覆盖

也许　　云站得高　　看得远　　骄傲

嫌弃中保　　也许

冬老透了　　不配

干巴巴的

挤不出一滴眼泪

生物反应器

有滋有味　米面　酱醋　酒精
红黄黑霉　噬菌体
发酵的容器　据说
乳房最好

铺开元素周期表　不与任何作对
土地　小白鼠和我
头顶进化的玫瑰

奔跑的　微不足道的生物反应器
脚下　黑压压一片蚂蚁

其实　上帝眼中
地球也是

无恙

冰冷生硬

嘴角的花朵　瞬间蔫了

一座城

天气　脾气　不可解释的成分

变化之前　也许

穿越了西伯利亚　糟糕至极

月亮偷偷地开了窗　空气静谧

流动　利于反思问题

今晨的太阳一定被夜霜缠裹

瞧瞧　化开　比昨天多了光芒

像一只火烈鸟　飞着叫着

无恙　无恙

太阳是温柔的女主人

风的脾气变好后 枝条开始发绿

以那种从容的身姿探究空气

有时微微点头

有时被某种情绪抽动扭曲

但是无人担心

她们会全盘否定 寒冷的鞭挞

更无人怀疑

她们不会和盘托出

蕴藏的美丽

谁愿意踯躅于废墟

让胜利溜走

指缝 画笔 流云 天气

太阳啊 家族的定海神针

温柔刚毅的女主人

一身光芒

抚摸乡村 田野 茅舍 河流和城市

沉着气 我们慢慢享受

好日子

把鞋子和青稞联系在一起

把鞋子和青稞联系在一起

我也感到意外

青稞不会行走　根

牢牢抓着泥土

有多少能力汲取便有多少能力延伸

鞋子也是

植于生活

前程和归期

景色中需要一种连续

明月照　心上尘

踏上任何一块土地

都不会感到

自己是异乡的人

茶

不能阻止你的衰老

就像不能改变水的流向

月牙般嫩绿　月光般甜蜜

带你入世

用尽人间的十八般武艺

只为封存

你的美丽

纤巧凝重沉湎于模糊而又静止的光阴

守口如瓶

失去活力

别怪人的自私　无理　满口仁义

那些油腻　那些酒后的火气

不肯思索短促的呼吸

尘间有众多　未清理的问题

只有借你　对白

暂缓平息

脱掉戏服

梆子敲得梆梆响

弦子拉得很卖力

着华服的戏子　手舞足蹈

这个世界需要鼓励

骗子　小丑　傻瓜

听不到一切的树木始终一个姿势

我是人群中的非此即彼

共同的雨滴把我们打散又聚集

不必眺望　不必焦虑

脱掉戏服

用不了几句就能诠释

生命的简单和复杂

真实和虚伪

取决于自身

雨滴中的一员

浮云流水　给自己一个意念

让俗套和负担挂在风中入眠

让消极和疲倦收集光阴的碎片

穿过长长的花园

把怨气撒向大海

让指南针定格

让我成为这雨滴中的一员

一场浸透肌肤的出演

像欠缺中读到的诗篇

从此天气变暖

不再分割白天和夜晚

每一秒开出一朵花

悦纳　热爱

再无虚构与谎言

短章（二十二首）

盐

海水中游荡

犹如我在人间

炉火焚烬

能量归于虚无

仅一撮

还于泥土

你说落雨是落花

你说落雨是落花

你说飘雪是春来

我不问你了

秋风

一定在说

请耐心等待

以此类推

阳光明媚的清晨

我打开窗　给天空一个拥抱

厨房飘出的烟火　袅袅

幸福的味道

从鼻尖穿过味蕾

这人间最美的时刻

以此类推

熬

八宝粥浓香　中午十二点半

三个女人　细嚼慢咽

窗外纷飞的冬雪　只是一种

点缀　或者安慰

苦　在无数的唇齿间绽放过

熬透后　各有各的春天

这个夜晚

窗外的雨　下得很大
风　不停地刮
刮得让人心颤
他一直在唠叨
说了什么
一句也没听见

我担心那株玫瑰
她将怎样　怎样度过
这个夜晚

无题

太阳一整天都在撒网
我也是
东奔西跑　前后忙乎
直到夜晚躺下时
才发现
什么也没有抓着

变

我对一只蝉说春天　蝉醒了

迎来夏天

我对一只蛙说秋天　蛙困了

要冬眠

北方的草笑我盲目

南方的树笑我悲观

只有星星和风知道

太阳一直很温暖

就算停止不前

就算停止不前

我也不想抱怨

人生

那么多圈圈点点

方方面面

我情愿站在圆心

把周围的风景一层一层

看个遍……

赶来的路上

雨后
满城的空气冷却
淋湿的
阳光下梳理
远远地　车来了
鸟儿不惊
回望所有
有人急急忙忙　有人磨磨蹭蹭
走在赶来的路上

移动

孙子上学走后　每天
老两口一人搬一个凳子
从小区门口开始移动
挪到十字路口时
天就黑了
满城灯火
喊他们回家

情绪是一种混合物

情绪是一种混合物

像空气

愤怒　快乐　悲伤　幸福的元素

悬浮掺杂

拿什么点燃

什么便燃烧起来

一颗心的沉淀

我听见　黑夜的那边

是黎明

此刻　从地心发出的撕裂声

冲破地壳　幻化

清晨　氤氲般的薄雾

彩霞和日出

一颗心的沉淀　攀爬

从炼狱到仙坛

人类的怀疑体质

怀疑从摩擦和间隙开始

风转遍所有星系

太阳太炽热

月亮太荒芜

只有地球

最适合居住

难得其真

你在月光下寻觅

他在灯影里拾起

谁在喧嚣中放下

每个人　都藏一颗星

或明或暗

莫说道心唯微

想清了　无非是

灵魂安宁

修补

清晨

我坐在阳光下

修补衣物

一边缝一边祈祷

针脚啊　一定要比光线还细密

只有这样

才看不出破损

沉默是金

树　满身是嘴

无论阳光怎样敲打

不愿开口

空气也是

收集一切

只有被挤成一丝缝隙

风才变了声

呜呜呜地喊疼

心空如髓

花落　　总有果实

叶落似雨

天空下升起的彩虹　　是年轮

我环抱的光阴

成就一生的静寂

劈开的那一刻

你是圆满

我心空如髓

暗夜的花朵

夜正浓

谁家的灯火

伸出窗外

绽开金色柔美的花朵

三两声狗叫

伴着稀疏的虫鸣

让风儿　　捎上

唱给天边的星星

记忆

其实

梦中的遇见

是春天疯狂抽生的青草

在秋风中低声的回音

是褪了色的记忆

迟迟地　　不肯离去

夜雨

秋雨　　凉凉

一滴浓墨

落心上

桂花　　微菡

夜未央

谁家的灯光

一直在亮

回望

我们站在

历史的长廊　回望

左手云

右手烟

腐朽的　归于腐朽

而真理的雕像

始终在前方

将后人照亮

希望

有一天　希望

我枯萎的灵魂

被淋透的诗语

唤醒

风吹来

悄悄地伸出手臂

对着太阳

歌唱

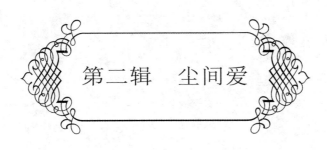

第二辑　尘间爱

你湿漉漉的眼眸是一抹一抹的光

花开翩起的彩虹

是我睡去时　胸襟上爬满的梦

我喜欢　黎明与你邂逅

我喜欢　见你时

目瞪口呆的空气

假如你是沉默的星星

假如你是沉默的星星

清风霁月的夜

灯火阑珊

你会穿越八千里云海　烟雨小巷

踏一身芬芳　寻我吗

初夏静谧的窗

此刻　长空寂寂

蛙声虫鸣悠扬

你湿漉漉的眼眸是一抹一抹的光

花开翩起的彩虹

是我睡去时　胸襟上爬满的梦

我喜欢　黎明与你邂逅

我喜欢　见你时

目瞪口呆的空气

我的爱人是海

站在风的肩上

抖落一地忧伤

我的爱人是海

心　波涛中流浪

纵是拍击到岸

飞溅的泪光

以百川的姿态

回到　你的身旁

我心疼着　如同你的置之不理

其实　有风没风日子都一样要过

清洁工凌晨四点开始劳作

流浪的人整夜没有归宿

地球和月亮　亘古行走

你来与不来　和我有什么关系

云也只是一笑而过　那些树木

不会对一条小路留意

太阳从正午移开

一点可有可无的

焦虑　不是情绪

任凭过往的鸟　啄食

荒芜的土地

我爱这生活的滋味

有时　生活太安逸

会让人失去很多想象

比如你养的那条鱼

干吗不把它放回河里

我了解你　把厨房内所有过期的食物

全部扔掉

也扔不完　积存的负情绪

洗衣机转筒里的泡沫

无论加多少次水　漂洗

都洗不掉胸口的红

生活　有时是调和了的食用油

芥末和红辣椒一起使用

抵不过一口绵柔的老酒

我爱这生活的滋味

如同爱你

时不时丢给我的脸色

写不出你的样子

月儿圆了

心事满了

我铺陈纸笔

想要写一个　不一样的你

可月光下的秋意

这般迷离

街角的咖啡店

轻曼的音乐　叩击心扉

轻轻地闭上眼　些许的痴迷

眉间心头　天边眼前

蹒跚的凉风里　行走

全是不一样的你

我的心太小

我的心太小
装不下过去的遗憾
对的错的真的假的
泼出去的水　再难回收

我的心太小
盛不了明天的新鲜
好的坏的失望的希望的
不知　哪个会来　哪个不来
我不奢望就像不妄想能中百万大奖

我的心太小
说不完今天的短暂
忙来忙去　就剩　柴米油盐三顿饭

谁都不要抱怨　阴天晴天
满眼的故事
岁月赠予的苦难
你要笑着去谈

因为爱

因为爱　所以仰望
亲爱的　你是黑夜里最闪亮的星球

因为爱　所以低头
亲爱的　你是心底最绵软的温柔

因为爱　所以苛求
亲爱的　你是一生最完美的守候

因为爱　所以放手
亲爱的　爱是自由

今晚的月亮

你在岸东

我在岸西

晚风吹皱　一河金色的涟漪

无论怎么努力

无法触摸到你

遗憾化不开　淡淡的诗意

落寞如夜色

深浅的脚步

听秋虫呢喃细语

足两足斤

我握不住清晨

也握不住黄昏

一如　握不住你　爱人

索性　交出这颗心

任你　暖开一朵花

抑或　虐成西风瘦马

无悔　灵魂的天平上

我保证

真诚　足两足斤

凉凉的秋意

我的心疼

你不懂

明明动了情

偏说秋风浓　　秋风浓

我的忧郁

你不懂

明明尽了心

偏说随他去　　随他去

我是一粒尘

假若

我是一粒尘　你是一片云

我随风飞扬　你刚好压低身段

云端降落

我们相遇　会不会认出我

多少次擦肩又错过

落寞积攒

不死不灭的沙漠

我想和你　坐在绿叶的枝头

听鸟唱歌　我想和你

坠入花蕊　长成浆果

甜甜地　看一场　尘世的烟火

烦人的秋雨

窗前　和一只雀鸟

一起看雨

一丝一丝的绵软

是谁的想念吧　鸟儿

你来的地方　是否也飘着浓浓的潮湿

天水一色的沉腻

风儿不知去了哪里

我小心地读你眼里的文字

破裂得满目疮痍

仿佛从未发生

仿佛刚刚开始

烦人的秋雨

烦人的秋雨

他从来不喊我的名字

每天　我无数次地叫他

大侠　你回来了

大侠　开饭了

大侠　我们出去走走吧

可他　从来不喊我的名字

后来　看一笑话

说老公总叫老婆宝贝

因为　早已忘记姓甚名谁

中午吃饭的时候

我盯着他的眼睛

大侠　喊我的名字

他先是一愣　然后

拿起一块馒头　堵我的嘴

说　神经病

你不知道啊

我有江河般的言语汹涌澎湃

我有滚烫滚烫的心脉蹦出体外

我有柔肠百结的思绪缠绕不开

我有深深的惆怅怎么按压　下不来

说不出口的炽爱

一点点渗出血

你不知道啊

一切的一切

全都是无奈

足够浪漫

天太冷

出门前

帮你系上围巾

你走在前边开门

电梯　明亮的灯光中下滑

我们站着

不说话

一起上班　并肩行走

足够浪漫

如果

如果　言语不能表达

深深的热爱

我愿意选择沉默

如果　眼泪不能释怀

内心的忧伤

我愿意选择歌唱

如果　脚步不能停止

流浪远方

我愿意背起行囊

就让那些花儿

静静地　在心头

怒放

假如酒可以淹没记忆

假如酒可以淹没记忆　甘愿

啜饮不止　谁说

情不是好东西　酒更不是

让人哭笑狂痴

让人愁肠百结　让人烂醉如泥

是谁　把酒中的胡言乱语

作了甜言蜜意

又是谁　把酒中的深情抛在了风里

最怕　当真的人啊　牢记

一边　烟消云散

一边　苦海无岸

夜难眠

下弦的月牙　冷冷地

照在天花板上

枫桥上　呼啸而过的车辆

碾碎一地薄霜

声波振荡下的吊灯

一朵倒置的玫瑰

凌空独放

颤抖的花瓣　美人的指尖

轻轻柔柔　拨弄琴弦

夜　如此静娴

那群数也数不完的白羊

总是莫名地消散

你的笑颜　挥不去

噬心一般

时间骑一匹白驹

晃悠悠地踱过窗前

素琴慢弹

取冬雪　封藏

化成一汪清泉

云雾缭绕的山涧

春姑用唇齿

衔下油嫩油嫩的芽尖

不娇　不艳　不嫩的泥中泥

一双粗实的大手

烧出古朴的茶碗

放在南方之木做的茶盘

从此　目光折叠

水是你　茶是你

寸寸天影

素琴慢弹

平行的铁轨

无限延伸的轨道　一路相伴

却永远不能相交

一根根平行的枕木　通心的桥

爬啊爬　天涯海角

站台上风景无限　上上下下

聚聚散散　红尘烟火演遍

不要骂轨道没有温度　车轮滚滚的碾轧

碰出流铁火花　不是泪

守望　时空的疼痛　双肩扛担

齿落松动的暮年

撑不起满厢的故事　让他们毁灭吧

重生的炉火　深情相融

没有归宿的吻

再美的路

留不住匆匆的脚步

春夏秋冬　太多的过往

风干　扬尘般的曾经

漂泊的云　无声

留不住天边那抹彩虹

星转风动

谁在诉说亘古的永恒

时光的韵脚　密织

打捞不起

搁浅的心事

落棋无悔

那个没有归宿的吻

不值一提

而你　仍灿若莲朵

为此　准备了三千年

熙熙攘攘的路口

等你路过

日升了又落

月圆了又缺

春来了又走

雨来了　无处躲

生生站成　一个傻子的荒漠

白色的曼珠沙华磨成粉末

拌了酒喝

晨钟暮鼓　没有敲醒

我　遇见了我

每个细胞　结成冰晶

而你　仍灿若莲朵

另一个路口

走过

怎样的遇见

那是怎样的遇见

温润　达观　一朵青莲

漫洇　沉淀

淡若幽兰

一眼万年

织一根绳线

系心间

轻挽缱绻

任时光的风

吹去虚幻

身外云烟随谁翻卷

叶摇花颤

别说曾经叶密花浓

别说曾经海誓山盟

叶摇花颤的

不是寒冷的风　不是冰凉的雨

是季节吗　和树木有过约定

风风火火的运行

燃亮多少荒漠般的眼睛

记得你采过的花香如酒浓

记得你疯长的树根绕梦萦

记得枝头的果实如繁星

如水的夜晚

不说再见

相逢　一定是解冻的春艳

只是此刻

渴望将相思的黄叶

串成月晕般的项链

岁月的余热

温暖这难熬的冬天

南北之恋

北方的落雪

撕成齑粉的文字

密密麻麻地写满

离人的心事

南方的细雨

一张超大的竖琴

朝露晚韵　清澄如流水行云

潇潇洒落　每一根细丝

弹奏　爱人的温存

季节的风　一直游说

酸碱中和

时间对岁月了如指掌

以沉默的姿态

向天空划界

除了你我　似乎所有

都可以相逢

不知从何写起

浅浅的月光　悄悄地

将收割的树梢　房屋　窗棂

一并摒弃

只收藏　满满凉意

洒向天际

水雾般静寂

暖色的灯晕下

谁打开了纸笔

凝结窒息

浓浓的相思　笔尖下

不知从何写起

当我望向你时

当我望向你时　你如绿色的波浪

梦般荡漾

光影合成的空气　是你呼吸的神秘

如同一个个飞吻　叶子的纹痕

我已不记得

你是怎样地随春天的风欢笑

如同那一抹黄叶的哀愁

蹁跹的彩蝶

锁闭所有的门户　封印沉睡

没有谁知道

朵朵的红装　贴着静汪汪的水眉

尘埃里心碎　与蝶成为孪生的姐妹

我的心　软得像泥

在你面前

再一次塌陷摧毁

我乐于如此低眉

我乐于如此低眉
宛若那朵花
紧贴时光的胸膛
听风尘世里轻唱

我乐于如此遗忘
宛若那片云
紧贴天空蓝蓝的海洋
看日升月降

我乐于如此搁放
宛若你的目光
紧贴浅浅的诗行
情谊　字间温暖地流淌

期许所有美好，如约而至

山野无声　嫩芽　海浪般一层层上涌

微微的风

踏上一颗颗星星

幽蓝幽蓝的夜空

雪花般　闪着细碎的光影

一只蝶　盈一眸芳华

梦中嬗变

溪边柳　陌上花

谁家少年和树并排站着

期许　所有美好

如约而至

当西红柿遇见鸡蛋

当西红柿遇见鸡蛋

宛若你我的初见

拨去羞涩自我的外衣

岁月的热锅中翻炒

不倾城

不倾国

只倾心

相爱相融　　便是

有滋有味的生活

窗外

总是不愿意把窗关闭

那片蓝天　空旷　安详　让人心迷

也有风起云涌暴雨如注　那是上苍

一时的泼墨写意

总是不愿意把窗关闭

那泓水域　微漾　碧绿　脉脉不语

白鹭　野鸭　小鱼　悠闲沉醉

一桥浅岸　静卧

时光默默

繁华撑起

夜晚　星星悄悄爬过窗口

照进香甜的梦

柔声告诉我

尘世所有的美好

从来　不曾关闭

一滴泪　倾城雪

遇见

各种缘分

离别

含着悲情

一滴泪

倾城雪

写不尽

一生坎坷是非多

诉不完

一念成痴　坠冰河

人生如梦是蹉跎

终归是

飞蛾扑火

不缺来者

意念的开关

有没有一种路　不需要千山万水踏遍

只要我想你　意念的开关

以光的速度　瞬间抵达

你的面前

有没有一种思念　不需要望眼欲穿

只需悄悄地呼唤　意念的开关

以目光串联

你的情感

有没有一种承诺　不需要经历磨难

只需相亲相爱　意念的开关

封锁一切的分崩离析

太阳的亘古温暖

花开月圆　星光满天

上帝的伊甸园

天空那么湛蓝

纯善透明　静远

如梦如幻

另一种爱意

如果一滴泪打湿一片海

只需三个字

便可

烧毁纸

黑色的忧郁

不是蓝色的勿忘我

凝望星辰的时候

我才理解

遥远的静默

也许

是另一种爱意

门外 听琴

暖香缥缈

袅袅的琴韵

空灵的 醉人的弦音

心扉颤动

紧闭的门 不见其人

窗台上 玉质般的迎春优雅晃动

不情愿地让风

悄悄溜进

谁人倚着门框守望

看暮色下的彩云

久久地

在外徘徊

三月的风吹落一树梨花

想起你

那颗心　便如三月的风

吹过一树梨花

那只蝶　越过死海

扇飞的翅膀

振落满天星雨

一声叹息

别回头

那场雪

早已融化在无人的夜

只有疼痛

如一座洗白的废城

孤独地立在

天心深处

阳光　刺疼了谁的双眼

小林说　好好的　两个陀螺

转着转着怎么就剩一个了呢

醒来　百思不解

后来　小青就跟人跑了

昨天　整理电脑　翻到一家三口的旧照

没意识地　泪水打湿一片

若干年前　街上那对卖煤球的夫妻

男人蹬着三轮　满头是汗

女人坐在车内　笑着抹黑的花脸

很强很强的画面感

洧阳桥头

男孩低首　俺家太穷

女孩坚定满面　我只跟你走

远远的　河心岛上飞翔的白鹭

阳光刺疼了谁的双眼

当我们老了

在那个不算太大

但也不小的房子里

我们看书写字

有时 一边择菜一边讨论

早间电视播放的问题

如果天气好 傍晚

我们利利索索地出门

河边的花园 草木茂盛

空气甜蜜 夏天的小飞虫

环绕在花丛 偶尔

有些小家伙迷了路 飞入发间

你对着我的发丝 轻轻吹气

然后 嬉笑着对虫子说

淘气的 你的家

在绿色的光阴

两个女人

电梯内空气凝滞

宛若两个女人

屏气呼吸

气味不对

风再娴熟

化不开内心的痛楚

有些人　是鬼

不用怕

她见不得光明

有些人是妖

伪装成仙

当你察觉时　精气神

早已被她掏干

说谎好比做贼

说谎好比做贼
一旦成为习惯
总有被抓着的一天

只是
一个失去信任
一个失去自由

那一瞬

那一夜，我静坐无眠，东山的月亮，照见深山潭渊

那一天，我过往翻遍，阴雨绵绵，遗憾打湿三千诗篇

那一月，我停停站站，飞雪满天，心事凝成冰河塞川

那一年，我匍匐祈愿，日升日掩，高山流水，缘缘梦圆

那一世，我逃出尘间，三生石畔，彼岸花开，蔚为壮观

那一瞬，梵音连天，星河飞渡，我紧握，你温柔的指尖

诗

一

你一直在我的胸口

给我疼和无奈

但更多的是幻想和热爱

辰星暗淡的时候　你是光

欢声笑语时　你是和煦的微风荡漾

我知道　我卑微浅薄　也许

根本不配

你的青睐

但你　却是我这一世

唯一的表白

二

青山万里　开一扇门

星光满天

为了见你　我愿意

顶一朵花出去

蓝色的影子　拖长

迷人的海岸

一盏灯

为勇者踏歌而行

我是泥

沉默是泥

一粒沙

落入眼底

我不是浩渺中的美人鱼

我的眼泪不是珍珠

我的叹息

不是月

引发潮汐

风啊　请吹一口仙气

让尘埃回到土里

让沙石成金

我是泥

月静如初

月静如初　这河流与你相融

似水的夜

枯柳　光影

碎成一颗一颗的星星

我确定　有一根神经

触碰　谁的快乐　伤痛

不必出声

让风吹过田野的寒冷

让小麦霜冻

让雁在南方相思

让种子休眠

当着飘飞的雪花

爱和等待　皆可入梦

做一块石头　也好

清晨的花色饱满含水

我想　做一块石头

内外兼修　也好

花儿谢了　结出果实

假若　足够幸运

做一块宝石　最好

彼此的胸前

漫洇

不语不言

不离不弃

红月亮

圆圆的月亮

红红的月亮

再美的言辞　写不出此刻

你温柔的模样

孤傲清冷的月亮

写满故事的月亮

再多的传奇　比不上今晚

你娇羞的模样

为了靠近地球

甘愿把高傲埋藏

一百五十二年　足以证明

忠贞坚强

世间　有没有一种爱

似这动人的红月亮

每一次倾心　都是千古

奇遇的绝唱

蓝色的眼睛

天空的蓝是白云擦过的

大海的蓝是泪水滤过的

宝石的蓝是时光凝结的

比白更忧郁比红更沉寂

包容宁静的天使

深沉悲悯的王子

蓝色的眼睛啊　爱人

是上帝恩赐的一盏明亮的灯火

未经允许

不准暗淡

无法抗拒

从来不敢直视　你的眼睛

那天

你轻轻地走来

一起打球吧

讶异地惊惶　回顾

没有别人

怯怯地望向你

双眸　满满晶亮的温柔

真诚　我无法抗拒

阳光和爱

唯一能做的

就是顺从

给不了

给不了牡丹的华贵

给不了玫瑰的芬芳

给不了兰花的雅致

有的人

是夏末秋初菜畦上的韭菜花

尝过 才知味浓

有的人

是深秋田野纯白的棉花

寒冷 才知道柔软和温度

最朴实的爱

藏在平实的生活中

你的名字

你的名字

是阳光

隐藏在树叶之上

过路的风　一页页掀起

往日的回忆

迁徙的鸟　栖在枝头

静默　眺望来时的路

酸甜苦涩的浆果

从心房到心室

偾张的血脉　凌乱的羽翼

独自梳理

再疼也要担当

前方之前　是远方

原以为

原以为　冬天会下雪

春天花开放

鸟儿有翅膀

原以为

所有的河流都能找到海洋

所有的风都有方向

所有的人都有故乡

原以为

对一个人好会得到微笑

思念有应答

深爱　必绵长

可是幻想和现实

这段距离

很长

你给的委屈

你和别人那么亲密

心里翻起的　不是醋意

我像灰姑娘一样走进厨房

洗菜　淘米　冲水的声音

怎能洗去

我的自卑

那么那么爱你

换不来体己

你给的委屈

化成点点泪滴

漫漫长夜

心的碎片　凝固

时间的空格

失眠

一个调皮的　患多动症的孩子

山川的沟沟回回间

上蹿下跳

尝试各种方法　企图

让她固定或专注

在一个地方

她暴怒的表情　涨红的脸

宛若憋足了气的气球

我小心翼翼地抚摸

却碰到

那似骷髅般又空又小的头骨

昨夜的星光

昨夜的星光格外暗淡

尘埃的缝隙　模糊的

仿佛不是你的容颜

若隐若现的光芒

是谁的双眸吗

回不去的岁月

有人随风浅唱

我们追忆的过往

不过是　无处安放的情怀

时不时　在夜半

叩响你的门窗

弯弯的月亮是一艘小船

弯弯的月亮

是一艘小船

地球上的秘密默默装满

我的心是圆圆的月

你在月亮里　埋藏

孤单的兔子　寂寞的吴刚

三生三世　变了模样

相思的泪珠　打翻小船

向西沉

满天辰星和流云

疼痛

上辈子肯定是恶人

恶贯满盈　罪大恶极　不可饶恕

不然　何以疼痛总是光顾

推拿　刮痧　拔罐　针灸

能用的刑具　隔三岔五轮番轰炸

也曾　祈求上帝

饶了我的过错吧

我愿意悔改

重新做人

活出上帝喜欢的模样

我一边祷告

一边放慢脚步

跛行

为的是减轻疼痛

维持身体的平衡和美观

解读：

生活何尝不是这样

总有那么多刺痛点

我们用尽周身的解数去解决

按下葫芦起了瓢

那么　人生的止疼药是什么？

平衡点又在哪里

心里想的　嘴上说的　做的

是不是一致

我们对别人和对自己

标准又是否相同

金无足赤　人无完人

残缺中　没有照见完美

健全中　找到残缺

因为我们还有爱情

因为我们还有爱情

所以你闹

我笑

因为我们还有爱情

所以你哭

我疼

因为我们还有爱情

所以你的天空

就是我的天空

有时

有时　总会莫名地忧伤
不为路边的小草
不为弯弯的月亮

风停了
雨歇了
时光不再流淌
只有心碎了　情怅怅

别问我为什么忧伤
低头　仰望
不为路边的小草
不为弯弯的月亮

偶然相逢

儿时的小伙伴偶然相逢　没有说

上学起过的早　没有说　夏夜

并排躺在院子里数过的星星

没有说　一起偷瓜挨的打　更没有问

你过得好不好

鬓角怎么也长出了白发

忍住泪目握对方的手

不停地说

你好你好你好

梦中醒来　我的

右手攥着左手

生疼生疼

不考虑阻力　一样一样的

风可能来自地表　也可能来自天际

假如我轻如一片羽翼　而你　重若陨石

伟大的伽利略证实

不考虑阻力

我们下落的速度　一样一样的

雨可能来自大海　也可能来自森林

假如我是一片浮木　而你　实心球体

时间的钟　等长

伟大的伽利略证实

不考虑阻力

我们摆动的规律　一样一样的

你我从世间走过　贫贱或富贵

假设　不考虑阻力

是不是也该

一样一样的

风的心事

风　去城里逛了几圈

满怀心事

想要撒向奔流不息的河内

僧人念念有词　众生

心系一鱼　围观者低语

远离庖厨

放生不如放下与放过

鱼儿打着水晕　顺流而下

一杆杆钓钩并排甩起

旁边的小哥

余恨未平　声色俱厉

对着一条上钩的鱼　发泄脾气

谁人全家出动　沿岸寻觅

刚发芽的茵陈

谁人对着河流斥训

只有梅花　扯着风的衣襟

留一株淡淡的香魂

渡谁？谁渡？

西湖的水

断桥处游走　古今

多少柔情蜜意　相遇相离

故事　一再演绎

和尚已经不敲木鱼

灵隐寺的大佛　积累了太多心事

众僧不敢抬头

夜深人静时　悄悄低首

听佛音缥缈

向大地谢罪

行路人

夜晚　车辆用灯光作触觉

觅食的蚂蚁　释放激素

蜜蜂　用舞姿

我们借用工具　可身体

往往词不达意

有时　眼前一黑　天就亮了

有时　笑声和月亮一同升起

观 剧

从明朝的争斗中返回现实

夜色正慢悠悠地走向黎明

窗玻璃竟是魔法师

暗幕的操纵

稀疏的车辆

灯光　齐刷刷开到河水中央

其实　不必等到天亮　此刻

只要打开窗

那些反射　包括朱棣　建文

沉疴　隐疾

全会坠河

我也会

进入梦乡

我爱这一切

西红柿为什么是红色　西瓜却爬满花纹

我望向青翠的苍竹　纤弱的浮萍

想到葛朗台　哈姆雷特和于连

想到庖丁　伯乐　孙悟空七十二变

人说艺术有两种　幻想和理念

而现实

有多少种类和形状　便有多少生命和态度

有多少色彩和动静　便有多少命运和神情

我爱这一切

无关大小　美丑　价值

而是　拥有　存在和意义

收获也许不在这里

不是所有的花都会在春天绽放

不是开放的花都能结出果实

世界经常狼藉

花香　总会四溢

谁不希望

透过平凡看见深意

有时　陷入欲望的老林

入戏太深往往忘了本真

春天是撒种的季节

但收获　也许不在这里

置换

山羊胡子在空旷的麦田牧羊　琢磨
诗中耀眼的句子
我在文化路　教学楼上
白板书写　专心　恒心　信心

觅食的能力　某种意义上
羊只是一种身份
透明的窗玻璃　方正的教室
阳光和雨水鞭挞
我的目光
是飘扬的旗帜

而另一种真实　我盼望
他们是麦禾　最后
都成为金属
他们闪闪发光
我则满身是锈

烫发和欲望

先是　涂抹药膏　再上杠卷曲

橡皮筋扎牢

然后　加热烫烤

我一动不动

举着发烧的头颅　听见

满头发丝歇斯底里

嘈杂声　像极了繁华拥挤的街道

大树参天　阳光拥抱

野花无名　灿烂微笑

狮子捕猎　小鸟衔草

假设没有第一个烫发的人

自然的　刚刚好

欲望之门打开

自己给自己套上枷锁

生之欲（八首）

一　谎言

真相悬在空中发笑

谎言膨胀的热气飞奔

一路掉下的涂改的汗珠砸在

窗上

有人视线模糊

罪恶和羞愧打着旋

盘斗在内心崎岖的山道深处

某些时辰　道德被风扯碎

一些人间不齿的念头

像猫　盯紧鱼缸

逮住机会

总想试一试

二　刨土者

其实　那片土地已经够疏松

他可以直接播种

就像我们

随便搭个帐篷

不必金碧辉煌也可入梦

刨土者向四周扩散并捡出石头说

那不一样

充足的空气利于根部呼吸会有好收成

你想一下种子孵出更多的种子

这并不难懂

他没说出的部分

像漏网的繁星

我也懒得向你解释

三　疼

医生说需要手术

这样至少可以减轻疼痛

其实　我做过一次

刚抬头看到麻药打进输液管

便失去了全部神经

多少人写死后重生

我总是怀疑他们描述的真实性

因为醒后的自己说的第一句话

到第三十句

只有一个字　冷

此外一切记忆　搜肠刮肚

没有找到任何一个字母

大约是对麻醉剂的耐受性不同

我的大脑　貌似自此消磨

出了漏洞

唯独对疼　还算清醒

仔细想了想对医生说算了吧

请让我保持

这一点点能力

以便感知并不悲伤的事

四　哭与笑

每个人都顶着两张嘴入世

一个为了生命

一个为生活

其实哭很简单　生来就会

笑也不难

比如吃饱后的满足

沿着苟且的活找到通衢的命

沿着花蕾结胎的线路　找到

星月的亏盈

那些快乐和忧郁以及

不可言说的心思

便如影子

在光线失声的井底

找到一群中的彼此

五　冷漠

隐藏在世间的空气中

出其不意或漫不经心

钻入一个人　两个人　一群人

灰色的种子

坐在干旱或潮湿之地

萌蘖　蔓延　生根

只关心自己

为某种恐惧或饥渴的来临

"该笑的时候没有快乐

该哭泣的时候没有眼泪

该相信的时候没有诺言"

倘若　关了窗就是闭了眼

黯淡　自虐

所有音　像在鼓膜之前

密密麻麻的子弹

你不是自己的主人

熄灭内心的火苗　结冰之前

请向南方倒下

让入夜的青萍

埋葬灰色的眼

六　身外之物

许多冷　是把赤裸和自虐联合起来

触摸石头

触摸裂纹里的风

这不是一种适合的态度

黄昏来了

所有的花只有一个去处

作为一列穿越人类的火车

你不能挑选词语

身外之物

当有田野和敞开的森林

扎向泥土

七　你是千江水

你是千江水　我是水中船

渔夫　一桨眼眸中洒下的

金色鱼鳞　比星星还璀璨

岸边　碧绿肥美的水草　纤尘不染

淡烟流水的微凉　滋生

厚朴纯良的花朵　点缀纷繁的尘世

漫漫时光　江流船帆

有几人　收起渔网

采满怀沁香的花儿　回家

八　爱上金属

什么时候

我窥探元素周期表

爱上金属

像啄木鸟在林中不停地敲打把虫子找出

像农民在土中不停地深挖乞求富足

像水手将灵魂系在船上不停地摇橹

像一只猫盯紧洞穴时刻准备猛扑

月亮女神一整天闭门不出

雪白娇嫩的胸脯

只在寂静的夜晚才拥着变凉的房间

悠然踱步

我发现得太晚为此付出痛苦

晨钟暮鼓

这声音忧郁　却一直在敦促

金银铜铁汞　贵重　但有些是毒

硼碳氮氧氟

短兵相接

哪一种都是财富

阳光慷慨啊万物葱茏

面向原野吧

有一天

海浪像云朵用雨点

把我砸向门捷列夫

第三辑　乡间土

谁人站在枫桥上眺望

谁人生出　莫名的惆怅

谁的心思寄给了远方

万家烟火如昼

沉默的夜

看你怎么躲藏

美丽的家乡

想写一封信给你

告诉你　桐柏山满目的红叶

如英雄泣血　霜染浓烈

老界岭的积雪　漫过

恐龙的遗迹　仿佛回到

侏罗纪

宝天曼最原始的植物王国

藏在深深的老林　静悄悄地演绎

一座旧县衙　一部官文化

诠释做官为民的真理

清甜丹江水　一渠灌南北

多少爱　多少暖

彰显豫宛的古朴　顽强　无私

乐于奉献

想写一封信给你

告诉你　鞠躬尽瘁

事无巨细的诸葛孔明

草庐对　出师表　卧龙岗　熠熠生辉

张衡地动仪上的金蟾蜍

至今还在传递　地质异变的信息

张仲景的《伤寒论》　良药苦口

中医药文化传遍四海八方

而范蠡富可敌国才华横溢

西施面前

那些铜臭名望一文不值

想写一封信给你

烙画上　花鸟虫鱼

画不尽　款款心意

白河水　独山玉

有多少甘冽

就有多少温润细腻

如分明的四季

站在肥沃的盆地上

浅浅地歌唱　你来与不来

我都不会告诉你

我爱她　生我养我的土地

白河，今夜所有的风为你吹起

今夜所有的风为你吹起

今夜的河水如此静谧

每一个水滴　是跳动的音律

每一层涟漪　是吹响的彩笛

无数次地仰望　无数次在你身边

流连相依　我是你的一个　小小分子

说不出你的清澈美丽　滋养一方土

恩泽一座城　充盈颗颗心　幻化满腔情

掬一捧亲吻

热泪融进你洁净的波纹

大口大口啜饮　洗去疲惫　融化

世间所有封锁了欢乐的苦闷

岸高水深　灯火微熏的枝头

谁在摇摆舞袖

宛若浩浩荡荡的轻舟　呼喊微风作歌

写满感恩的祝福

一叶两叶千万叶　飘向你

至情至深的问候

可怜的孩子

很小很小的时候

跟着奶奶

村西头的大伯母

总是看着我说

可怜的孩子

五岁时

奶奶去了另一个世界

依偎在奶奶身旁甜睡

怎么喊　也不愿醒来

村人叹着气说

可怜的孩子

沉默寡言的父亲

坚定地把我抱开

轻声说

别怕　有爹在

相依为命的父女

215

日子过得简单　明快

如今　父亲去找奶奶

留我一人　尘世里缅怀

几十年的相守　几十年的慈爱

深深地悔过

太多遗憾　留白

眼泪总是忍不住

真的成了

可怜的小孩

圆圆的月明

寒冷吹过半城　叶影

无人理弄

星星点点的细雨

打湿一盏盏明灯

来往的车辆　向梦的方向驰骋

两端　圆圆的月明

谁人站在枫桥上眺望

谁人生出　莫名的惆怅

谁的心思寄给了远方

万家烟火如昼

沉默的夜

看你怎么躲藏

记忆的香气

割草机的飞沫四溅

青草的香气弥漫

不同于玫瑰　浓郁中飘着浅淡

不同于天竺葵　清醇中散开着浓艳

深吸一口　南方甘蔗　入心的甜

恍惚童年

光脚的小伙伴　割草　嬉闹

狗尾巴花插发间

衔一棵看麦娘的茎节　做口香糖

和狗牙根较真　小手磨出血泡

青草流出的汁液　染绿了

一个又一个盼望长大的夏天

浓得化不开的朴实　是家乡的泥土

早已潜入生命

任你怎么洗

还是那个味

爱在仲秋

小时候

十五是一枚圆圆的月饼

爹的严厉　娘的慈爱

年轻时

十五是一地白白的月光

你的思念　我的挂念

现在

十五是一桌丰盛的餐饭

无论多忙多远

一切让路

团聚在亲人身边

土地（外七）

土地正在坐月子

她刚生完一群孩子

花生　玉米　南瓜　红薯

被人抱在怀里欢喜

心中

跑出一个叫小麦的天使

迫不及待　想要钻入

她温存绵柔的肚子

玉米

从前　玉米是一捧闪闪发光的金子

因了贫穷用她救命

现在　玉米是一堆堆沙子

个大饱满

被人随便乱扔

荒地

路过一块荒地

杂草丛生　参差不齐

焦黄色的记忆

荒芜得一败涂地

货车

为了赶路

装满货物的卡车

呼啸着轧过

电子测速器前

它们优雅得像只鸭子

转向灯

谁说它们是明灯

分明是一双善良的眼睛

左右转　忽闪忽闪

直行　闭上休息

飞驰的轿车

无非有两种可能

回家　或是刚刚出发

但最终

都要回家

道路

出生就是为了放行

来往的人

只要不惧怕奔波劳苦

就别问我

被碾轧得疼不疼

路边的花

是谁　无意间把种子撒下

车轮滚滚的春天

雨水叫醒她

飞扬的尘沙　遮掩过

最美的芳华

为路守候

情愿生生世世

默默地目送

来往的人回家

故乡的小河

街市的东边　　村庄的西面

一条小河九曲十八弯

河岸又高又深上面是青油油的粮田

岸下的沙子又细又多像天上的星星

阳光下眨着水汪汪的眉眼

水润通透的石子像白光光的月亮

小伙伴们捡来做游戏

岸边的水草碧绿

洗净的被单衣衫　　万国旗般盖满

夏天的夜晚

男女分别在漫水桥的南北两端

劳动一天的疲惫

河水冲远

男人的吼声　　女人的笑声　　孩子的歌声

故乡的小河啊

明眸清灵的少女

摆动花枝般浪漫柔软的身段

欢快地流过记忆的春天

什么时候　孩子不再去嬉戏

也许　从那个穿红上衣飞奔着

去洗澡　被采挖成深潭　淹死的孩子开始

也许　从那个为了盖房娶亲淘沙翻车砸死的青年开始

也许　从第一个往河里倾倒垃圾的人开始

母亲的泪水　慢慢出血流干

母亲的眼眶　枯竭塌陷

我站在刚修好的新桥上　寻找

故乡的小河啊

像风干的老人

苍凉独坐　老家的村边

童年的糗事

春天的枣树

嫩黄细碎的花朵

炸满院淡香清甜

无数蜜蜂献唱

如我的仰望　跳舞打旋

秋风刚吹　温润的碧玉

仿佛历经千年　油光中上色

亮红亮红的包浆　裹着垂涎

十岁左右　枣子成熟的秋天

我和枝头的喜鹊一起撒欢

一棵棵爬上

世界是我的　枣子是我的

吃到上吐下泻

一时贪吃　至今敬而不食

年少的糗事和树影一起

抛在风中　总在不经意间

被记忆打捞重提

太阳从全世界升起

太阳从全世界升起

悲伤或者欢喜

丢在黎明前的氤氲里

结成湿漉漉透亮的珠子

挂在油绿油绿的麦地

一株禾苗

怎样修行

也不会　春风化雨

活下去

从来不敢　随心所欲

真想倾身躺下

化作露珠一滴

云心随风

呼吸的游丝

融进你寂静的心

滋养我贫瘠的魂

苟庄

苟庄是生我养我的故乡

西边一条小河　东边一条岗

爷爷说　从山西洪洞县

迁来时　爷爷的爷爷骑着马

马跑累的地方都是苟庄

后来的是佃户

现在看　苟庄一点也不大

就一百多户人家

多数姓苟

长方形

不稀不稠的土地上放着

这几年村里的年轻人　几乎都去了外地

留下老人和儿童

小时候上学的学校　早已重新盖好

只不过看起来有些清冷　四周的庄稼

和路边的野草一起

沐浴阳光

天气好时　老人们蹲在路边小卖部的门外

有一搭没一搭地说话

谁病了没人管　真可怜

谁家的男孩子　三十多了至今还没有脱单

谁的姑娘外地打工

嫁给了当地

谁家的孩子初中没上完

那条穿村而过的公路　刚修好

开往深圳　浙江等地的大巴车

晃晃悠悠地经过

扬起的尘土

落在孩子们的衣袖

落在老人们的眉间　仿佛岁月

又苍老了几天

错把他乡当故乡

我们都是犯了错的孩子

被上帝发落

到地球

攥紧了拳头　用力哭喊

不要　不要

哭声慢慢在红尘中淹没

有人把地狱变成天堂

有人把惩罚过成奖赏

忘了初始

错把他乡当故乡

每天

有来有回

无论发生了什么

不必讶异

雨中怀想

下雨总让人生出莫名的惆怅

石板青　古巷长　相逢

撑油纸伞的姑娘

诗人笔下写不尽的忧伤

下雨总让人忆起旧时光

小板凳　窄又长

你骑马　我坐上

老房子的屋檐下

四五只鸡鸭

无奈地　听孩子欢唱

下雨总让人想念远方

家乡的树叶落了

你的城市可还开着丁香

街道两旁　一定飘满芬芳

劳累的时候　别忘抬头　看看阳光

假如　气温下降

记得添加衣裳

永不消失的牵挂

初冬的河水　细细的波纹一层层铺展

牵动思绪的涟漪走远

岸上的灯火

忽明忽暗　宛如故乡的灯盏

忽隐忽现

孤独的父亲　生起炉烟

飘过黄土　老屋里游转

天冷了　可还安暖

薄薄的水雾　袅袅纤纤

微微的风踏着暮色

借我一双翅膀

永不消失的思念和牵挂

再一次　排山倒海

一寸一寸地沦陷

沿着母亲走过的道路

风儿吹过树梢

枝叶摇摆　深埋的根　纹丝不动

云儿飘过天空

云形瞬变　宝蓝色的苍穹　亘古永恒

夜色闪着幽暗的影子

潜藏日光的身后　捉不住的往复

星星　总会亮起灯

奔波的男人和女人　沿着父母走过的路

风景重新演绎

没有不同

大地是沉默的牧羊者

晨雾踏青稞的香甜弥漫

羊群在麦田噬啃

孩子在麦田飞奔

以梦为马

小小的放牧人

张开翱翔的翅膀

红红的脸颊扬起沸腾的希望

天空静远

村庄安详

真正的牧羊者沉默无声

任万物唱响开春的乐章

安身立命－房子，百年之身－房子

花奶出嫁时　嫁妆排满一里多地

花奶去世时　家里穷

一口棺材也买不起

花奶的儿子　生活稍有起色

早早地给自己准备后事

安身立命－房子

百年之身－房子

有钱　买房子　无钱　借贷买房子

房子　祖祖辈辈关心的话题

似乎进入迷幻之地

何时走出去

某国的富人炫耀说

家里存有几百袋大米

我们听了可笑

因为穷　穷得只有存粮方可意足

我们富吗

富得只有盖房方显大气

戏中　王宝钏住寒窑苦等夫婿

杜甫凄唱　何时欢颜天下寒士

广厦千万间

装不下　欲望的恣肆

其实　自己就是一座房子

高楼大厦也好　乡间小屋也罢

经得起风雪雨淋　扛得起时光磨损

外墙斑驳　室内无尘

鸿儒白丁　满怀善意

都是可爱可敬之人

打开窗　别关门　让阳光照进

生命的轮回　无关身外的房子

颠覆童话的魅力

儿时　父亲讲田螺姑娘

很长一段时间

盼望她来我家

做我的亲娘

母亲软得像水

沙粒磨疼的泪

层层分泌

我用尽年少的运气憧憬

幻想　燃烧得如此不着边际

至今　你藏在坚硬的贝壳下

沐风清溪

人们拣起抛掷

如同一枚石子

红椒　花椒　火焰恶魔般爆炒

握你的手　舌尖上的快乐

颠覆所有童话的魅力

荼蘼花了　风吹麦浪

五月的风　温婉

鸟儿唱过叶尖花瓣

兴奋若一面旗帜

漫卷麦田

谁家少年素衣白衫

行于陌上

书声　笑声　对视

张望的狗尾巴草　不枝不蔓

荼蘼花了

阳光下　绿涛渐黄

我一直爱着的

浅夏画卷

寨墙上的快乐时光

古寨墙不知道疼　青草知道

孩子们尖叫着滑梯一样滑下时

汁液染绿了衣服

蒺藜出其不意　把他们扎哭

墙根下的土路九曲八弯　通向小沙河

载着谁的梦

岸的那边　大片麦田

随风唱

无视往返的脚步

孩子抹干眼泪　爬上去　滑下来

心甘情愿　不厌其烦

寨墙内的梨树　不时地

有青涩的果子落下

只是它不像孩子　再也爬不上去

那条坡道　孩子的哭笑中

韶华滚滚

磨成一条光光的疤痕

愈合在昨晚思乡的梦

一片冷寂时光

春耕秋收冬凉

大地啊母亲

沉默奉献的羔羊

静静地守望　种子的梦想

而今　白雪茫茫　发稀落霜

有多少快乐　便有多少忧伤

有多少满仓的飞扬

便有多少孤单的彷徨

一片冷寂时光

谁人可挡

愿用手指的温柔　轻梳母亲

皱褶的额头

让岁月如旧

不言离殇忧愁

衣袂飘飘的少年

屋外的蔷薇花　谁的十八岁

不必开窗　便能听见

笑靥书香摇曳

风的耳边

梧桐树下长长的绳子

系着清脆的下课铃

系着做梦的夏天

那时我们不懂青春

总以为友谊是永远

有的是时间

无意翻出老旧照片

染色的池塘边

不知你　可还是那朵莲

打动过谁

不能分心的无眠

荷叶是奶奶青青的磨盘

荷叶是奶奶青青的磨盘

粉面少女　旋呀旋

袅袅的莲蓬端起绿色大碗

麦收已过　玉米浆满

蛙鸣　盛不下辛劳暑热的夏天

记忆的牧笛　飘荡

蜻蜓翩起的彩翅

是谁　掬一捧温凉的池水

时光穿过洁白的藕臂

爷爷粗捻的胡须

结实地扎在

故乡黑色的淤泥

月光爬进梦

推开窗　月光便爬进梦

昨夜连声歌唱的蚰蛉

今晚怎么就沉默了呢

我听懂了你的低吟

一寸秋心一寸凉

隐藏是一种等待

酝酿一场盼望

秋影匆匆

谁站在星海的深处摇桨

烟波浩渺　驿站的灯台闪烁

海底的黄昏

可有恬淡的安逸

若故乡

一定有一种情结

小区门口每天送出的装修垃圾
是拾荒者的沃土
一只铲一只耙一只大锤一双粗手
每天都春天　每天都是秋收

冷眼旁观的石头　被敲成碎块
拔出一截钢筋　一勺热粥
像一只蜂旋落　故乡的地头
我的亲人们　土中刨呀刨
一点点蜜
满足入喉

这世间有很多路可走
你不辞辛苦　甘愿守候
我相信　那不是固执不是懒惰
一定　有一种情结
你不忍放手

我有一座花园

我有一座花园

指甲花刚吐了萼片

瘦瘦的小黑狗

起劲儿追一只蝴蝶

我有一座花园

洋槐花开得正艳

老榆树上挂满榆钱

树下的石碾盘上

坐着一个看书的小孩

我有一座花园

儿时生活的小院

门口劳作的父亲

守护着

我安静的童年

儿时的磨坊

儿时的磨坊　记忆的天堂　雨天
里面躲藏
摸瞎驴　弹弹球　抓石子　讲故事
世界全部遗忘

草不用割　羊不用放
柴不用拾　学不用上
鸡鸭已栖息　屋檐下　老树上

男人聚在一起神侃
女人三五成群
纳鞋底　缝衣衫
私语随风　雨中飘荡

如今那些大人们都老了吧
儿时的伙伴又在何方
老屋变楼房　石磨荒置　青苔满长
只有雨天　时不时地回来

流逝的岁月

不论怎么看　那片麦地

麦苗　像发丝

稀疏的　浓密的

凛冽的风穿过大气

仿佛是谁寄来消息

萌蘖　负重　冲刺

谁失去供养

便会像白发　最先拔出

灵魂　埋头呼吸

寒冷的星光下

我和麦子促膝分析

瘦长的孤独贴着肌肤

结果　可想而知

小麦她一茬茬收割

岁月她一寸寸剃去

平衡

人类生命的天平

永远是不平衡的

孩子一天天茁壮

老人一年年消亡

一头是希望

一端是绝唱

在时间的支点上

如此 往返 更替

第四辑 花间月

寻梦

一朵花

守望一条路　寻梦

穿过春夏秋冬

最后的鲜艳　凋零

如同一万年来的所有轮渡

一条路

守候一朵花　寻梦

弯弯的弧度　流水潺潺

远望洒金的笔直　走过

从来都是曲曲折折

一百朵花有一百个名字

一千条路有一千条通途

寻梦

深夜听到的孤独的脚步

也许

没有名字可以当作礼物

今晚有桂花飘落

比河水还静默的是夜

秋云站在枝头

你在心底

星星开始碰撞

我的梦　宛若黄叶上抖动的浅露

洒在紫薇花开满的篱笆

透亮的纱窗下

读诗

平凡的生活可以很富足

蟋蟀吟唱的歌

不分昼夜

秋月

今晚有浅浅的桂花

悄悄飘落

一场雨

一场雨

退去八月的暑热

秋凉

蝉翼般飞起

夜半

秋虫拉长的音调　似乎

暗藏某种逻辑

不知

有没有谁

会被一只尖唱的蟋蟀叫醒

其实旷寂中

最不适合思考

古老的哲学

她只钟情　自愈

无痕的画卷

当白天的喧嚣隐藏

夜色中

游荡的秋虫

摇身成为自然的艺术家

嫩枝　花儿和汁液

舞台　画布和颜料

鸟儿睡了

沉默的土地

安歇的太阳

静静的宠爱

无痕的画卷

空灵的合唱

当太阳转身离开

当太阳转身离开

影子开始哭泣

万物　黛青色化妆

烟熏的朦胧

遮掩瑕疵

灵魂梦中醒来

蹑手蹑脚　游荡

试图寻找　发现

白昼和黑夜

喧嚣和静默

哪一个更接近真实

孤独的沉淀

没有谁生下来就通晓万物

但出生　带着孤独

我们长一双发现的眼睛

遇到美好　遇到糊涂

美好给了明眸

混沌成就明辨

而孤独　是一潭静水

照出幽明　沉淀

思想的沙粒和珍珠

当灵魂与灵魂对酌

你可知道

当灵魂与灵魂对酌

能碰出什么

霜露凝结的露珠

沿杯壁轻轻滑落

星辰的寥廓　浓淡的透彻

融化没由来的苦乐

我们倾杯

喝干所有的蹉跎

听夜的耳朵

我的四周一片皎洁

时光与流水

安静的沉默

我选择用特殊的方式治愈自己

深深地自卑时　我选择

特殊的方式

治愈自己　比如沉默

谁说意念是心智的玩具

我承认　我匮乏

残缺　幻想

躲在时光的角落　独自演绎

日出日落

找一千个借口

走不出自我囚禁的陡峭

欢喜与忧伤　记忆和遗忘

静默掩藏　你知道吗

我放下所有　坦然面对

不为别的

"以动物或植物的身份存在"

自豪和幸福会更多　更多

有些美　也许

懂的人才能看到

无月渡迷津

昨夜梦中

庭前台阶　落满黄叶

谁轻轻地游走

一步一步踩在心头

风儿扇动衣袖

叶舞如流

倾倒所有的杯盏

洗尘　洗心　洗面

轻唤　月渡迷津

一只鸟

高高地站在枝头

默默观看

西方落下 东方升起

幽禁的门　从来不曾打开

远远地　一束光照进

多想试着歌唱

焦虑煎熬而嘶哑的咽喉

早已失去放声的能力

沮丧　颓废　哭泣　委屈

是今夜潇潇的细雨

漫过心海　漫过眼堤

漫过岁月的高地

没有照见　何来拥有

没有相逢　何来别离

相逢是自我心灵的照见

一直拥有　不曾远离

黄昏静美的晚霞

是飞逝的别离

西方落下　东方升起

一朵花的照临

秋月拨云

恰如一朵花的照临

地球引力　季节

似有神谕

贪婪的土地笑得神秘

绿叶　了无痕迹

枝枯如剑钝　斑驳残印

宛若坠落的星辰

挂满全身

谁的脚步匆匆

无视你的泪心

只让那遥远的灯光

软得像轻羽

漫天铺展

温暖这静寂的夜

深爱的灵魂

如此静美时光

采一瓣心香

编一个雅致的花环

戴在桌旁那只小狗的头上

炉香袅袅的暖烟

不是你想象的那种疏淡

琥珀色的酒液

有些奶味的厚甜

寂寂　　不是千山凝雪

呼吸的碎片

诗般静娴

我的世界　　有深爱的灵魂

字母般

一个个　　怀珠的青莲

折旧的心

可以穿过那条河流去看你吗

可以越过那座高山去见你吗

纯纯的月光行走了无数个世纪

收藏的故事放下又拾起

空旷的夜色

比梦还静寂

你的双眸

悬挂了多少光年的星星

光明是你　黑暗是你

拖长的身影

深海的游鱼

折旧的心　有切齿的咬痕

凌晨的窗前

默默收拾

这一夜的狼藉

沉默的平静

寒冷　总是莫名地

敲打窗棂

阳台上紫竹梅细小的蓝紫色花朵

绒缎般闪亮的叶纹里

藏着婴儿样柔柔的眼睛

一米阳光　足够庆幸

冬天的雪　至今没有

安排行程　期待的一场浪漫

倾城　凉凉的　风声抖动

那片海　慢慢

抵达　沉默的平静

太阳去了那端

人们总喜欢放大痛苦　特别是

夜深人静的时候

太阳去了地球的那端

树木停止光合

均匀呼吸　仿佛新生的婴儿熟睡

钢筋混凝土　一点点腐蚀

河床和海岸　星光吸引

一如既往　冲刷

不留痕迹

那朵花的衰老

比白天更快

只有肉体的暗流　呻吟翻转

恍若光阴的转轴

孤独行走

雾

不是雨　不是云

飘浮在空中

凝结了千万种思想的生命

无孔不入地游荡

街道　田野

指尖　心头

进入梦乡

了解你欢乐痛苦的欲望

努力分辨呼唤

忽明忽暗　忽远忽近　忽浓忽淡

的灵魂

一直和你一起

上下求索

生而自由的入口

夜

夜

静极了

飞驰而过的车辆

发出呼叫

像一只

春天的猫

夜的静谧　游走膨胀

每一步

脱离不了

捕食的厮杀

思念的纠缠

清晨　你在西

清晨　你在西

傍晚　你在东

只有正午时分

你我神合为一

黑夜里

形体熟睡了

影子啊

梦中游移的那个

是不是你

另有期盼

黑暗中　你的躯干　熊熊烈焰燃尽

消失在西天

冰封的雪山下

千年的莲　沉沉昏睡

阴暗的天幕　闪电撕裂

一道根状的裂纹

仿佛　上苍眼角的鱼尾线

漫漫戈壁黄沙　流浪

低矮的骆驼草

根　一次又一次　四周蔓延

太阳　东方重生

雨季　来与不来

该醒的　不用喊

沉睡的　也许

另有期盼

阳光走近柳月的梢头

霜色的土地冰冻

褐色的草根隐忍

豆青色的芽原基纳米般膨胀

而枯黄色的落叶　不知何时被分解

网状的叶脉漏洞百出

我用呼出的热气哈手　想象

那颗散落的种子

蜷曲在灰色的砖石下　埋头大睡

便没了那么多的焦虑

宝蓝色的天空　几朵冻云

不时地打几个喷嚏

零星地洒些雪花

正好可以妆点　虚白的空间

时间悬在底盘的阴影里

看苍竹和枯草

等阳光走近　柳月的梢头

冰裂的溪水边　相遇

一株嫩黄色的迎春花

悄悄地绽开笑颜

深夜的空气冰凉沁心

一条铺满枯叶的坡道向前延伸　挂着

圆月静静

两边的麦田以步行的速度后退

隐隐地　远处有犬吠

抬头　月儿从云中钻出　剥落蛋清的蛋黄

原始中透着自然　温柔的光芒

深夜的空气冰凉沁心

御下卑微和狂妄

是不是可以

做一个纯粹的人

影子蹑手蹑脚地跟着　笑我

对牛弹琴

喊她的芳名

一种坚强

是母亲心底柔软的梦想

隐藏

恬静的花房

黄铜色的夕阳

深邃凝望

蜜蜂不慌不忙

劳动着的家庭

哪有时间　感叹虚妄

轻翼无声　摇动

暮光呼吸的浅香

苍青的叶脉下

忍不住

喊出她的芳名

一场雨，洗牌

如果所有的路融进一场雨

山河起雾　屋瓦皆湿

你空手站在原野

打伞的　划桨的　攀爬奔跑的

相干与不相干

非洲大草原上迁徙的动物

最原始的密码如水线

滴答　滴答

踏出去　万般是晴　八面来风

可你　收集所有落叶燃烧

仿制不出第二片

不能后退

只能向前

听

夜晚　听到多种声音

浅梦筑巢

油蛉蟋蟀

车轮滚滚

河水拍打岸堤

恰似荒漠中敲棋落子的对弈

月光踏轻雾爬到窗上

秋凉如水

没有什么不可化解

暗影里的黄叶

和月儿一起穿越

睡吧睡吧

热爱世界的人

谁没见过阳光

与梦一起

世上的事惹谁厌烦都不会惹我

梦中的天地

格桑花细瘦的身影

若彩蝶轻颤的浅笑

一朵朵清扬的幸福

说不出的神秘

幽谷的叹息　寂寞的心底打滚

远星脉脉　淡云熟睡

我拥吻啜饮

与太阳等量的爱呼入花心

有火　有光　有热

我们都不堪一击

我们将与梦一起

永远永远忘记

今夜我属于星空

今夜我属于星空

不想江水的长度

忘掉周围的喧嚣

两手空空

跳进温柔的流云

河瀑　沸泉　青莲

许悠然向内观看

脚底老去的　让她心尖诞生

指间短缺的　让群星照明

星光填满的海底

我埋藏自己

这不是平凡

痛恨一切腐朽和糜烂

就像无法扼制

刮风　下雨　打雷　闪电

死亡和生长　无私与贪婪　混合空间

青莲与明月　一尘不染

我知道

牢骚太盛防肠断

空虚　没落　才有沉迷塌陷

方寸内外　菌褶孢子

拿什么支撑

爱与欢

尘世是唯一的天堂

白昼和黑夜相向

时间老人细数脚步　每十二个钟点

拥抱相逢

晨雾尽散　朝霞正明　现实

极可能有一道沟一堵墙　行动　也许

找到一座桥一扇窗

无数次奔波劳碌　早已不知什么是忧伤

玫瑰色的暮霭下

凝望的瞬间　竟如此渴望

梦中的影子　有花的芬芳

海的岸边　有星月摆渡

谁说痛苦将永存

尘世是唯一的天堂

得到的一直在来的路上

失去的　遗落沦丧

气息全无的那一刻

你仍是你

我　逃离时光

跌宕的六月

六月跌宕

是笔端化不开的梦

远方的天空

可有海鸥　御风而行

一只海螺　轻逐海浪

别说初心柔软　伪装坚强

咸咸的海风知道

无涯

潮退

总有些许　回不到海上

六月啊

动听的海豚音

蜿蜒　仿佛

唯有高分　才可治愈

拟态

五月的清晨

黄鹂鸣叫　穿透万丈光芒

埋头采食的尺蠖　瞬间

吊成笔直的枝干

微风走来　树冠摇曳翻检

枯叶蝶　挣扎翅膀

努力成为树的孩子

枝丫惊愕　忍不住说出

生命不易

谁知道她的卑微

某一天

某一天　竹子停止生长　声音消失

你我　婴儿般熟睡

上帝　双手托起

地球　他心爱的孩子

深深叹气

"父啊　赦免他们

他们所做的

他们不晓得"

泪水倏倏洒落

长笛吹响　闪电划过

万物复活　生机勃勃

贪婪　嫉妒　忤逆　胡作非为

某一天　上帝的泪结了冰

地球被封　若琥珀

悬浮

一颗最小最暗 被遗忘的星

女人逛街

今天什么都不干　陪姐姐逛街
从头买到脚
姐姐比春天还光鲜

今天什么都不干　陪姐姐聊天
烦心事　伤心事　大事小事
听姐姐诉说
风中　统统化成一缕烟

今天　什么都不干
管他晴天　雨天　刮风天
我们逛街　聊天　像男人喝酒
和天气无关
和金钱无关

风景在看

山脚下亭台的一角

树木　山峦和我

隔一层水汽迷蒙的玻璃

越接近　雾越浓

索性闭眼倾听

山高水长　云开雾散

一条通幽的小径

乔木　灌木　蕨草和苔藓　错落有致

点缀山坡的空间

静静的泥土下

纵横盘节的根系

一部部巨型的战争

鸟　虫　涉密的间谍和窥探者

没有裁判

你我是其中一员

自认聪明却一身平庸

太阳升起时

色调开始涂鸦

地球上的居民

石缝屋顶寻觅

风烟俱静

每一株草　都有一个梦

谁踮起脚尖眺望

山丘阴影

人们太忙

不愿细听

一口烈酒

共眠一片黑暗

洞察奥秘的星星

越过河床　爬上夜空

瞧瞧　那躺下的兽

自认聪明　却一身平庸

喝解渴的水

烫壶　洗茶　温杯　冲泡

琴韵低回　必不可少

一盏靓茗　转于舌喉

漫浸　洗肺

可很多时候　我只用碗

透明的白开水

咕噜咕噜　牛饮

二百零六块骨　大汗淋漓

劳累的疲渴　喝干放下时

一声长叹　气定神闲

万物不慌不忙

岁月藏有深意

水无声

生活的滋味　她却最懂

顺其自然

掏不出日月星河的寥廓

捧不出漫漫黄沙的荒凉冷漠

谁是连接宽广和狭窄的静湖

谁是四季绵延扩张的青青植物

清醒与糊涂　　怨恨与饶恕

怎么把握　　才是有度

撑不起高天厚土的恩义情重

放不下人间烟火的鸡零狗碎

左右逢源不是衣衫

和颜悦色更不是表演

随便吧随便吧

顺其自然

人生　　苦辣酸甜

得失之间

什么是绝对的平衡点

问天问地问四时

万物默然

生命的轮回

假如　生命是一株庄稼

历经四时　收割

碾　压　磨　蒸　煮　炸

吃进腹中　肠胃消化

十八般折磨

遁入泥土　循环往复

品性优良　籽粒饱满

做种子　延续

一代代浮生轮回

地狱天堂

不朽的

继承进化的光芒

宛若

人类的灵魂和思想

随遇而安

思想和夜

密谋一场谈话

压抑已久的星星

打开窗

允许全人类观赏

阵雨刚过　流萤点灯

先于我释放能量

森林和草地

摊开一天的收获

喘息中　吐出苦闷和委屈

我也开始

清洗

收敛自以为是的聪明

抛弃满屋的俗物

只为明天　随遇而安

废品太多

收家电　收电动车

暑热的午后

除了知了吱吱的鸣噪

折光布上反射的　就是这干渴的叫卖

我有片刻犹豫

要不要把自家堆满的废物　包括那台破电动车卖掉

步行　没什么不好

燃脂　减肥　低碳　环保

打盹的猫头都不抬

臃肿的脂肪像下垂的肿瘤

肌肉萎缩

打开窗　火辣辣的太阳

算了吧

我安然地和猫并列

躺在冷气吹过的沙发上

错过

总在周末的下午

错过班车

四轮三轮两轮兔子一般

心中的失落大于失望

暮色　街灯

徒步丈量

最终都会抵达

路边蹲着的老狗　不声不响

仿佛习以为常懒得观望

也许你懂的

比我还深广

态度

跟紧头羊

是一种态度

跑偏的　决斗的是另一种

牧羊人说

长长的鞭子是规矩

田野那么大

如果可以

我想选一个合适的时间

把自己埋藏

最好是星光满天的夜晚　月亮又大又圆

一切默想说给天空　意念清零

安然入眠

我想选一个合适的地点

把自己埋藏

最好是开满鲜花的草原　空气既纯又甜

我把听觉　味觉　触觉　一切感官

托付大地

了无心事　安然静寂

我想我会变成空气　全世界的呼吸

温暖　清冷　干燥或潮湿

有多少阳光就有多少风雨

我想我会变成泥　守望一片神秘的绿地

赤橙黄黑　有多少欲求就有多少断舍离

不必

不论你怎么看　发生的都有意义

苹果把果实结在枝头

花生把果实埋在土里

一尾鱼　圆鼓鼓的眼睛

刀俎下和我对视

不必惭愧

所有生灵

从来都是　一样的结局

一缕光透过明亮的玻璃

光柱里的尘埃　翻飞

微小如我

不必纠缠　宇宙与光年

蚂蚁和大象　看不见地球

甚至　脚下的城市

可这又有什么关系

秩序和秘密

存在就有意义

这世界

这世界　离了谁都可以继续

吃饭　入睡　行走　思考

无人代替

一棵树　一只羊　丢了就丢了

时间不会停　风　不会在意

一个城池到另一个城池

成活　生长　快乐

有时需要消耗运气

这世界　谁都离不开谁

吃饭　穿衣　行走　面对问题

一句话一个天气　影响你

即便原地不动

一片云一阵雨一只鸟一坨粪

所以　允许自己

任何一处得到或失去

接受　付出　悦纳　疗愈

有些事　永远不要追究

有没有谜底

忽然间

忽然间

觉得很无趣

风声雨声嘈杂声

万物　为自己争鸣

沉默的大地

躲藏的小虫

你说

假若一个人　消失

谁为他

哭泣

我飘浮

地球之外

醉听

这蔚蓝色的星球

一片寂静

梦幻中悬浮

我知道

日月星辰　各有轨道

独自运转　不得僭越

成就浩瀚的星河寥廓

我知道

春夏秋冬　盘旋的火车　无声地走过

风景很美　从来不敢妄自停落

我知道

花鸟鱼兽　万物繁多

各自的领域　云淡风轻

唱古老的逍遥

只有人类

一边搭建围墙

一边肆意外扩

一边梦中悬浮

一边时光中穿梭

物竞天择　各有短长

虎　从不怕孤单

凶猛果断　来自远古

荆棘杂草　耐心隐藏

利爪尖齿　只身开拓辽阔的疆土

北方的狼　害怕独行

抱团　合作　共赢

暗夜里凄凉的嘶鸣

划破长空　刺穿心灵

机警胆小的鹿　温顺善良

撒欢的同时　仰望星空

左有虎视　右有群狼

上苍怜悯　给了快跑的长项

物竞天择　各有短长

每只笨鸟　都能找到低枝落上

我们有什么理由

抱怨　哭泣　彷徨

一种姿态

夜雾和月色涂抹在静寂之上

花朵和枝叶

倒空日间劳作的废料

忘记朝霞

忘记逝去和遗落的叠句

繁星依然　呓语的梦

把黑暗拥在怀里

把颤抖的空气揉进肺腑

万籁清虚

大海和小溪　一种姿态

从来不曾

烦扰自己

落雪正玲珑

山色青紫　闪烁子夜的寂静

飘荡的洁白的花朵　又一次触碰

蔷薇　满天星

冰裂春生

窗前的灯烛　腾空在

风起的疏影

炊烟散了　梦浓了

虚掩的城　流水　氤氲　脉动

这是最后的抒情

此刻　我们相逢

今夜的落雪

甚是玲珑

我们如此接近

倘若只是爱你美丽的颜色

就不会郁郁寡欢

夜色中的静寂

仿佛有一种神秘

我渴望从眼前的单调中逃离

进入波涛汹涌的洋

静水流深的海底

抑或像一叶舟

摇荡　潺潺流淌的清溪

闪着银光的月亮　轻踩森林绿地

迷人而缥缈的云霞

缠绕繁华

也护佑每一块崩塌的石头

我谦卑的热爱

宛如二月枝头的花粒

我们如此接近

又仿佛　隔着千里万里

蓝调月光曲（八首）

一

月光如水

如水的夜啊

轻烟绕着二月的河二月的田野

灯影下的书卷

仿佛有你飘落的音韵

像这苍茫的暮色下浅踏的脚步

金色的灌满星光的沉醉

坐下来吧

我们彼此交换

走出尘世微微的凉苦

月光如水

如水的夜啊

有了满城花开的歌声

二

天空有多蓝你便有多纯净

空气有多少暖你便有多少绕指柔

夜的黑默默倾诉

黄莺歌唱时

你挂在山之巅　河之洲

星星的微笑　沉湎于静寂之上

向着谁

来吧　来我的心头

春天的触须如同这蓝调的月光曲

有多少梦幻

花儿便有多少妩媚

三

静静地望你

一袭白纱　淡若初春暮色下的云霞

夕阳的光晕还没有完全散去

苍青色的枝丫已裂开嫩芽

黑夜之子　单纯之星

恰似充满童真的孩子

撞落岩石的浪花

天天守候又义无反顾

照着光影交辉的天空

照着迷雾四起的大地

照着每一个愿意仰望的生机

这一生啊

因为你

我丧失了全部

作恶的勇气

四

夜色用苍茫掐断所有的白日梦

时隔多年

月儿踏万水千山赶来

打开一道玉色的拱门

青黑色的石板上

敲打的文字湿漉漉的带着露珠

沙漠中的骆驼草再次攀爬

根深二十米

你只有一次机会虚构

月光如春水汩汩　倾泻

在积雪　尘土和自由意志

念念你的诗吧

拉上窗帘

我们是两个世界

五

月亮还没有升起　街灯亮了

一城浪漫主义

你该是在河的对岸

高楼的隐避处梳洗

用花环和锦缎装饰自己

从容而充满魔力

早已习惯了仰视和静息

不敢随心所欲　不敢无理造次

即使你不来

我也会一风不起

比快乐还忧郁的梦就在这浅浅的河底

白云和鱼儿追逐你的影子

不像我

喊不出也不愿意唤你温柔的名字

六

她是一位献上了诗人灵感的女神

打碎的心

旷寂的暗夜吸吮

花香　　流云

烛火照身反射一点点温存

一种特殊的魅力不因岁月流逝而蒙尘

感召吸引仰望的人

缺了又满　　盈了又亏

激荡的潮汐指向千峰万仞

欢乐和阴郁　　如此复杂又迷人

总是和太阳的光明形成强烈的反衬

我们是她的伏笔

打开内心的花园吧　　向外延伸

歌唱或者悔恨

七

记忆在空旷的夜色中聆听

清澈裂开一条缝

有多久

你不敢打开栖在心头的尘封

四月的田野

任风拉动一只弓

所有的花　延伸灌浆的根部

谁在躲闪她的抚摸

如同一片云背后

滋味无穷的　自我辩护

八

海浪冲出的水纹线

遮掩静谧的雪颜

最初的月光

舍不得打开

涨潮的思念

倒向一侧

悬而未决

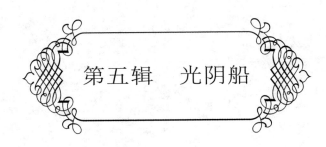

第五辑　　光阴船

我的花朵是纤弱的水滴

不用敲打

时间的风

穿过我　　也穿过你

如果时间能够折叠

如果时间能够折叠

从地球到月球　　到任意一个星际

一个意念　　足矣

如果时间可以穿越

从生到死　　从古到今

一场梦　　而已

我们总是对未知充满好奇

对过往心生悔意

我们总是对自我宽限饶恕

对他人冷酷严苛

但如果　　一个意念

可以看遍万象　　一场梦

明白真相　　人类

茫茫宇宙中孤独　　矛盾的个体

会不会

对万物心怀敬畏和慈悲

海叹

海水　沙滩　阳光

轻溅的浪花

开在衣衫上

掬一捧沙　轻扬

指缝中　流过

岁月的伤

站在苍茫的海天深处

怜我

竟不及一粒细沙

回首山青卷白云

我的花朵是纤弱的水滴

不用敲打

时间的风

穿过我　也穿过你

忧伤和希望总是亦步亦趋

春天的嫩芽

叶枯的地方　重新长起

太阳唱着火辣辣的歌词

照着荒原　流水和城市

照着孤独的地球

鹅卵石　化石　木乃伊

谁说一切的形体都会消失

只有真理才能永续

请原谅我的无知

你可以未雨绸缪人生的轨迹

但未知　我猜

她是一粒奇妙的种子

没有谁　能轻易找到

开锁的钥匙

叮当作响的明天

一抹划过的忧伤　穿过寂静的时光

流淌　一朵菊花的芬芳

风起星稀的晚上　站在

秋冬的渡口频频回望

鸟儿飞过田野去了南方

海棠花瓣　落了浅香

稼穑入库房

我的行囊　装恩典　遗憾　念想

一路回旋　磕绊

仿佛从未走远

抬望眼

叮当作响的明天

驶一艘神秘的小船

一步一景地召唤　莫回头

远方还很远

春（九首）

一　雨后春归

薄雾托月　风华之外

另一种光影

每一粒细沙都饱含深情

一羽轻云　凝结的冰晶

摇动小城

是谁　哼起肖邦的雨滴

春枝芽蕾

内心的波澜　只一眼

撑破隐藏的心语

缝隙透过疏林的含蓄

我可以

唤你吗

今晚入梦

春天的彩蝶

穿花而飞

二　春色

写封信给我吧　告诉我

你的行程　你的喜怒哀乐

表面的　内心的　想说的

不想说的　全部写给我

如果你太忙　就让鸟

捎句话　或是让风

对　风跑得会更快

记得吗

你撒着欢向前跑时　那么多人祝福

果实和冰冻

让你更成熟更柔美了吗

我知道　没有什么能阻挡你前进

或许　你已悄无声息　潜伏

小河　枝条　泥土　或是

孩子舒展的四肢

我闭上眼

沉默的安静中想你

世间最明媚的春色

三　春山

掐灭二月的冰凉

草便绿了

春山不知

风儿像鸟

来回叩了多少次门

三月拉开门闩

昨夜倾杯吐出的垃圾

来不及清理

那些姑娘不请自来

站在枝头打开自己

毫无矜持

脚下的小河

一尾张望的鱼

桃花流水

四　春花

你来时

我囿于寂静的尘喧之外

失去活动和交流的能力

枯燥乏味

打磨最细腻最意味深长的注视

辞退所有迷路和矫饰

我已迫不及待 亲爱的

请以倾盆之势

覆盖我的全部

五 春雨

你踏着冷色而来 我迎着暮光

想要拥你 入怀

细如发丝的水珠

打湿冻软的泥土

眼眶 衣衫和枝丫一起摇曳

所有生灵

舞姿迭出

急于诠释 隐忍的爱意

其实只要你来

什么时候都不晚

我情愿等待 等待生命的春天

六　春枝

必须复活

因为你配得新生和自由

一串串玉指

写满深入浅出的美德

努力

从未失败

阳光给的财富

可以游走几万里

一如头顶盛开的花朵伸向天空

从来不敢　忘恩负义

七　倒春寒

风莫名地卖弄威力

从春天的画框中跳出

一场雨　多么寒冷

矮生的植物闭上眼

像很多美好的事物暂停搁浅

可是花蕊　无法潜回树身

我不担心

千里之外的江南正煮着妖娆

谁不是满怀潮汐

月光无法约束　一片叶

竖起耳朵

辽阔的耐心　创造

诗意盎然的乐曲

八　流水无意

薄雾再一次抽出寒凉

你和鱼儿有了灵动

田野　阳光和我一起唠叨

和谁来往

就接近是什么人

此刻是春

乌篷船花纸伞在静谧的气息中相遇

隔着一层相信

睡醒的花都来了

尽管　流水无意

但仍然用清澈

浇灌这满季节的诗意

九 人生一世间 忽若暮春草

有些话 一句也不用说
蓝色的风铃草 绿色的常青藤
花开的时候
春天 已悄悄退缩

温热的歌 被风掀翻
午后的街角
囚禁的忧伤 杯酒相和

常常忘了
你我一样
金黄的泥土 收割呼吸
早已不是什么秘密

夏（四首）

一　初夏细雨

烟雾茫茫

气息微凉清爽

百花的香在湖底流淌

千层的云在海边徜徉

万种箫音在空中合唱

一只鸟孟浪

抖落一身碎羽

期待砸出漩涡

城市的草丛树木

犹如骨头

被挠痒而融化

曾经讨厌的雨啊

以如此谦卑之柔

和谐地改变了我的取向

二 别说陌上花开

别说陌上花开　红颜易逝

上帝的安排

一只花斑凤头鸟

独自啄采

别说烟花易冷　风无形

一粒沙

水波纵横

时光的莲朵

别样情怀

谢谢　让我看懂

三 花瓣咏叹调

轻轻地你走了

仿佛从未来过

萼片上的子房和胚珠　一点点膨胀

叶子也开始发绿发亮了

也许　不久的将来

会有青涩的果实迎风初露

我不愿揣测自然的旨意

繁华过后

很多事情　唯有期待

你再来的时候

一定要详细地讲讲　那些经历

四　暴雨过后

风　大约是累了　不知歇在谁的屋檐

蚯蚓被迫钻出　那只鸟

刚还颤抖缩头

此刻兴奋　大叫大喊

上帝　不经意备足一顿大餐

西边的天空　细碎的水珠

聚合折射

彩虹惊艳

酢浆草默默

竟有美妙的花瓣　婀娜伸展

一切都已过去

一切还会重现

秋（八首）

一　今夜　秋凉渐起

今夜　流萤提灯

蛙鼓蝉鸣

倒影里的宁静

只有星星

乘风来的　竟不知我也是风

除了山石除了溪水

空气也不能确定

今夜的荷塘　属于自己

岸边的青草　与我异曲同工

生命的构造

重叠　更替　流动

今夜　秋凉渐起

这不是唯一的抒情

时光的走向

无人能懂

二　秋一定是喝醉了酒

秋一定是喝醉了酒

跌跌撞撞地走　频频回首

他哭的时候

叶子黄了落了

他笑的时候

人们一边说道　一边脱去外套

没有谁敢告诉他

那个叫夏的热恋着的女子

早已消失远去

晓风残月　醒后

遍地白霜　不会冷冻太久

别怕

只管向前

那个叫春的姑娘

一定在冬天藏着

三 我喜欢秋天

我喜欢秋天

秋天的天空格外蔚蓝

清晨或傍晚的云霞

总被彩色晕染

最是夜间的辰星　深邃高远

点点亮光　像极了宇宙丛林

飞舞的流萤绚烂　神秘　浪漫

我喜欢秋天

秋天的大地五彩斑斓

苍翠的山尖　肥沃的草原

无限延伸的地平线

累累硕果把枝头压弯

我喜欢秋天

一片黄叶飘落清溪

一只秋虫颤动露珠

微音和万物共鸣振荡

秋天愈现灵动丰满

我喜欢秋天

站在时光的渡口静静守望

守望人生的秋季

冰封　春播　夏生　秋艳

情未减　心沉淀

沧桑了容颜

四　立秋

太阳是一张大伞

伊人　撑起

轻轻　漫漫

拖长的倩影里

花生　玉米　稻田

手舞足蹈的狂欢

不要着急

等待成熟的

不只有

秋天

五　写给秋天

秋心如此丰盈　轻采

一朵白云　写满浅浅的怀念

还给苍穹

不沾尘埃　只说霞光满天

秋意如此和敬　静掬

一缕清风　写满浓浓的爱恋

还给空间

不携尘烟　只说雅香无边

秋凉如此温婉　默拾

一片红叶　写满绵绵的流连

还给大地

不伤不悲不悔　只说最美是轮回

六　一万个秋天

我眼中的秋天

天空湛蓝　果实香甜

大地丰足 秋水澈明

你的或许和我不一样

但那又有什么关系

无须做七百二十度的 N 次方旋转

一万个生灵有一万个秋天

多情的人类 蘸空所有的笔墨

画不全她完整的容颜

七 神秘的秋

炎热再强势都会远去 神秘的秋

行走在万物的躯体

深的红 黄的枯 森林悄无声息

一片片脱掉绿衣

风把白云吹向山冈 我的汗腺闭合

恰如某种膨胀的情绪

千百个秋天走来

千百个秋天一同注视

新的秋意

谁的思念遗落在灰色的村庄

谁的希望燃烧在空旷的大地

我期待过　无数次

小船穿过群星

孤独的凉　黑夜游荡的孩子

苍白的月　轻碰一朵黄菊

热闹的夏　被永恒孤零地抛弃

八　我喜欢秋天的空气

假若春天是美丽的童话　红黄蓝绿

我追寻　却遮不住贫乏　自卑　底气不足

夏天的气温真实　像一杯酒

光焰闪亮的浓烈　鼓噪的氛围

往往炽热难辨

假意和真心

我不是外科医生

翻不开脓包和红肿

割不掉痛苦　繁杂　平庸

怒吼与低吟　测不出

积雪的厚度

可是秋天

秋天的空气

仿佛是一种晶莹的液体

沉淀　凝结

洒在静谧的森林

小草　蘑菇　流萤

每一层枝叶　每一条小路

都有怦然心动的理由

冬（二首）

一　等待一场雪

大地彻底改变画风

郁郁葱葱的水彩　　撤去画盘

瘦骨线性的铅笔　　粉墨登场

淡雅的水墨长卷

数不清的顽强生灵　　从容等待

银装素裹　　日照生烟

摘一朵秋天的白云　　做种子

从容等待　　洁白的雪花开满

让诗如孩子粉嫩的小手

摇啊摇

摇出岁月的璀璨

下雪那天

小麦一定睡得正酣

梦中汲取雪水的甘甜

从容等待

风儿吹过春姑娘的衣边

根底萌蘖

所有细草

唱响拔节疯长的春天

二　在云的身上看到春的丽影

一抹灿烂的阳光　划过天空

在云的身上　仿佛看到春的丽影

有形无形　像风的翅膀

裹着辽阔的彩色的梦

而冬天的温度　宛若冻结的心

你知道吗

我握不住你的冷

就像无法捧起一团火

缥缈移动　又从未行动

就让零度的水慢慢侵蚀零度的冰

失去的　得到的　浓郁的　疏淡的

糊涂和清醒　无从表达　无所谓平衡

只盼东风　吹醒季节的蛰封

让你我

用柔和的底色　感怀

苍老远去的冬

在哪里

穿过众星的缝隙　招手致意

天狼星　明亮　神秘

北极星　静默不语

轻叩南天之上　老人星的脚趾

告诉我吧　他在哪里

遍寻四海八荒

迷失　茫茫星海

累了　坐在银河边休息

织女牛郎手持含苞欲放的莲朵

望眼欲穿　盛开时重逢

我用尽洪荒之力

呼喊　你的名字

震碎颗颗流星雨

花瓣坠落　沉入心湖眼底

时间的女子

青草黄的时候

沿着茎尖的枯萎

找到秋虫

苍白　绕着黑色的土地低鸣

时间的腰肢　不停地摆动

她从来不会　走走停停

更不会对谁　眷顾同情

初冬的雨

无情　拽过往的风

爬上树　爬上窗棂

呼唤寒冷

想要展示她冰洁纯粹的花容

暮色里　闭上眼睛

用沉默　朝你投掷

时间的女子

请赐我一朵暖阳　如炉火

将忧伤的灵魂安放

七彩光阴

雨后

空气中散布的细小水滴

一起折射

阳光的美丽

七彩虹如练

赤橙黄绿青蓝紫

绚烂　仙女的舞衣

我们守候的世界

不过是介质般的空气

镜中

光路可逆

你望见我　我望见你

只要愿意　把岁月磨碎

串起的每一个日子

无论阴晴风雨

皆熠熠生辉

风向南吹，向北吹

把反复吟读的生活一点点磨碎

看冬雪老成白发

看北斗七星的勺柄　慢慢移动

看日西沉　日东升

看风向南吹　向北吹

冲泡了数遍的茶水

淡成白开

我却乐于细品

津津有味

一朵花就是一朵云

一朵花就是一朵云

纵使一切老去

云不会

花儿不会

花瓣落了

还有种子呢

时光从来不老，岁月一直公平

当我坐在牛车上玩游戏时

小麦的青花慢慢地　被风吹落

秋天的苞米还没有下地

手工碎布缝制的书包

至今仍没有流行

而冬天的雪鸟

从来不怕冰冻

昨天　还在埋头寻找　洗湿的土地

祈祷有种子　裸露

站在高楼上看枫桥　车来车往

十几年前　一片浅水漫堤

现在　高铁飞驰着奔跑　蜻蜓

不知道明天　明天的明天

那棵长满水果　小麦　西红柿的奇异大树

会不会认得耕种的犁耙

时光从来不老　岁月一直公平

只是变化　一直在变

玉兰花开了

玉兰花开了

风御一颗种子

春天

开在心里

岁月如何消失

忙碌的

谁曾在意

我目睹一滴水

折射叶子的绿意

像光

走过窗前

瞬间逃逸

日光之下

太阳从水面冉冉升起时

我开始清洗自己

从口腔到头顶

假如　打理好这不太圆的星球

便能管好手和足

太阳从路的那端缓缓下落时

我还在路上

岔路口的红绿灯

仿佛提醒

学会拐弯

有些事　不必追

重新上路

清晨

草尖上闪亮的露珠只迟疑片刻

回到泥土

一条鱼转身　游回水中

阳光重新上路

昨天的行程

再次起步

这么多年过去

斗转星移　物是人非

她找呀找

不知找些什么

坐在花间的岩石

坐在花间的岩石上小憩

鸟飞过的时候

晚霞红着脸

孩子的欢笑　跳上树梢

夕阳收工

恰如其分又一丝不苟

远方温暖的余晖落入手掌

葱兰扬风吐蕊

若星海泛光

我沉醉虚度又忍不住幻想

竟闻到秋天飘来的芬芳

假若

假若　你是冬天他是夏天

我愿是春天

温和折中　你们的极端

假若　你是昨天他是明天

我愿是今天

当下传承

绵延成长的演变

假若　你是东岸他是西岸

我愿是一座桥一艘船

彼此不再遥远

心帆随风鼓满

假若啊　假若

你是生命他是时间

我愿学　追日的夸父

用有限拖着无限

看到海　想到尘

让海水拥吻我的脚吧

岩石在澎湃的海浪中光滑圆润

沙砾也早习惯　柔波中翻滚

我只占用片刻

洗去轻尘

远途跋涉而渗血的老茧

岁月雕刻的花朵　有疼隐隐

谁会在意呢　短暂的停留

带不走一丝　海风的咸

其实我愿是一条游弋的小鱼

海鸟或是水草

秋光暮色

一片雪　幻化入尘

不带一点声音

俯仰之间成陈迹

躺在三月的深处仰望

肌肉　骨骼　血脉　一点点鲜活

太阳和光线构成的神经

信息比风迅疾

种子迫不及待　根尖萌动的吱吱声

响过傍晚的蛙鸣

百花的香艳　被四月的牡丹

五月的玫瑰　囊括傲视

白云　淡淡俯身

企图寻找河流的走向

胸膛喷出的烈焰循环往复

竟有些分不清海和岸

思绪的洪水

漫过岁月的高地

鸟儿飞过的地方

一路向前

白云青山外　流水向人间

把骨头一块块拆分

搅拌孟姜女的眼泪

铸成巍峨的苍龙

地球上最瞩目的风景

铁蹄嗒嗒　燕北的春天芳草菲菲

茶马古道　南方的细雨

发酵　香茗洗肺

瓜洲夜雪落了又化

飞天长鹰拉近穹宇

沧浪之水　鲛人擎起明灯

山河同威

岁月的利剑

割去曾经的疼痛　留下

坚硬的脊梁　后人

一步步向上丈量

你说他说　都对都对

你说　时间是光　是无限

他说　时间是花　是短暂

你说　还有明天　明天再现

他说　昨天已走　逝于永远

你说　万物是缘　有缘自见

他说　缘起缘灭　强求无甜

你说　一生万物　繁荣绵延

他说　有归于无　终是尘烟

都对都对

阴阳互生　得失相牵

宛若这浅夏的麦田

年少不懂青与涩

而今收割在眼前

风声和蛙鸣并不冲突

风声和蛙鸣并不冲突

你听

蛙　叫着叫着

蝌蚪消失了尾巴

风　吹着吹着

小麦归仓

土地长出棉花

当满眼的黄叶洒上薄霜

我黄泥及腰

青蛙蒙头大睡

风还在吹

小麦的根苗

已开始再次萌芽

落雪入喉 再无从前

一生好长 经历多久

才能到达最初的故乡

杨柳飘絮 漫天

风啊

送它们去哪个方向

一生好短 恍然如梦

朝花夕暮已成霜

喧嚣终归静寂

有谁 放你在心上

又是谁 触疼前尘过往

某一天 三千河山

与你无关 其中浓淡

别说眼泪已流干

唯江南塞北石阶前

烟雨依然 落雪入喉

再无从前

月色与炊烟之间

温情和寂寥站在薄暮的肩上

彼此交换眼神

凉月纤细

慈悲若母亲眯起的笑眉

鸽子回巢

父亲弯腰　收拾农具

月色与炊烟之间

如洗的流水　汩汩

幼儿天真　捞起灯笼

已是碧空繁星

荒诞复活流行

一种温柔　藏在迷人的晚霞中

害羞的红　花朵般恬静

站在方形盒子的屋顶

灯影的轮廓　像梦

有谁　先于我享受

皓月　星空

湖光山色　青松竹影

尘世的光明

有极限

用酒调和夜色

荒诞

现实中复活流行

上下

下面有路　爬上去

上面还有

下面有风景　爬上去

上面也有

上去　可以看到下面

下面　只能想象上面

下面的　努力爬上去

上面的　下来也容易

空降　摔下

或许　有第三种可能

剔透的彩莲

把天空画蓝

白云比仙鹤悠闲

把山水画淡

水草像鱼一样练达

撑一艘船

桅杆上的旗帜

远方的呼唤

渐白的写字楼　消失的电影院

阳光下　张开双臂

深爱的自然

开成一朵

剔透的彩莲

每落一滴　心便跳两下

秋雨微凉

每落一滴　心便跳两下

仿佛　五月的阳光照在花枝上

微微的风一吹　便有花蜜流淌

仿佛　纤手弹指

轻轻一拨　树林红遍了山冈

仿佛　月儿载一船星光

只一瞬

浪花羽化　冬月的白霜

仿佛三月的鸟扇动翅膀

没来得及折叠　南去

飞落渐变的凉

秋实　圆润

红苹果黄玉米　喜悦

仿佛　紫水晶般的葡萄

甘甜灌满心房

女人花

你不一定非要那么漂亮　但一定要温柔

像海水蕴藏的珍珠

像春天嫩芽的苗床

你燃烧我

我将在你怀里歌唱

用血液　用谦卑

收敛刺芒

失望时我会哭泣　会沉默

伴着忧伤

你不一定非要那么温柔　但一定要善良

像行走的太阳溢出力量

有刚好的灵魂和高尚

有色彩　富含营养

你托举我　用筋骨

你的掌心安放

懦弱时的退缩　愤怒时的咆哮

伴着忧伤

树影像日晷一样

悄悄移动从不彷徨

但不会忘记眺望

记忆磨损的地方

是春天的玫瑰秋天的躲藏

允许自己凋零　恰似允许

被怜悯遗忘

让洁白的冰雪在融化的地方找到故乡

伴着忧伤

何不简单

夜　无色

所谓的黑

不过是缺少光明

燃一盏心灯

暗影

无处可行

昼　无形

万物舒展

只有人

时不时

戴上假面

水　至淡

无味能容苦辣酸甜

道法自然　照见

生命太短

何不简单

一只鸟

这只鸟是有名字的

北冥的花园里叫过

农夫的田野上叫过

每一个做梦的人心中啄食过

将歌声置于划桨的船上

对钟爱的信徒

勾勒最甜蜜的细节

如果搁浅

苍白失色的元素会弥漫你的航线

孤独　焦虑和负罪感

默认她最衰弱的嘲笑

像一幅未完成的画作

失去油彩

风蚀而斑驳

时光的画屏

冬天的夜空

似老人仁慈的眼睛

三两颗星星

点着金色的长灯

若隐若现　透视般沉静

步行街嘈杂的喧闹声

随视觉的迷离

嗅觉　味觉　触碰欲望的神经

寒冷不再

光与影合成的彩色气球

是此刻最美最亮的暖星

悠扬的音乐

紧拽浅醉的心境

找个僻静的胡同

默默地坐几刻钟

红尘若梦

时光的画屏

无所谓糊涂清醒

最后的表演

这是最后的表演

留守舞台的

除了黄杨和清香木

他们心甘情愿　耗尽最后的积贮

描画清白的身体和手臂

涂抹黄色的眉眼和鼻子

红色的嘴唇是烈焰是少女

小溪玉带飘袂弹琴奏乐

允许他们做最后的妖娆

当秋风吹灭季节的火苗

叶子为自己鼓掌

弯腰鞠躬　谢幕

像流星坠落

蓝天寂寞　遮不住空山的荒芜

孤独若温度

浸凉漫延

仿佛　从未来过

仿佛　阅人无数

跋：诗意地生活，我们优雅从容

绿　野

有人说，"诗意地栖居"是伪命题，认为世俗众生世界何来诗意，又哪里来的安稳灵魂的栖居。显然，这是"一叶障目，不见泰山"。

穆旦《冥想》中有这么一句："这才知道我的全部努力／不过完成了普通的生活。"这像是在为上述"伪命题"出具论据。而大诗人李白也有诗云："天生我材必有用，千金散尽还复来。"这两者看似八竿子打不着，实则都揭示了一个主题，即生活、生存的本质并不轻松。它当然包括我们为之奋斗的事业，甚至有时我们付出艰辛劳作后仍颗粒无收。

这就是生活，这就是生存，这就是事业发展的必经过程。

诗人何为？荷尔德林说："诗人的天职是还乡。"是的，在还乡的路上，诗人永远在前行着。

也正是千百年来，诗人架起的通向灵魂高地的精神之桥，铸就了人类社会不朽的精神高台。这高台有股无形力量的护佑，它在无形中推动一切变革求新，正应了老子的"道可道，非常道；名可名，非常名"的哲学思想。

诗人苟云惠在《遗落的果实》一诗中，将我们的生活指

向了晨光般的田园美好。是的，在一种田园怀旧中让我们回
到曾经的乡村，曾经的田野，那是放飞希望的地方！

清晨　田间行走

两旁的玉米　甩棕色小辫　矜持

只透出一点点牙齿

红薯叶子浓绿　相互缠绕

根本看不出　地下根茎的大小

只有时光知道　谁都经历过

风雨飘摇

一群喜鹊落在田野那头　喳喳地叫

发现新大陆

我边走边侧耳细听

这刚收完花生的田地

除了土壤微笑的声音

连天空　都沉寂得亮明亮明

多少人说

秋天是用来怀念的

而我　却想拾起遗落的果实

　　新诗的百年历程，泥沙俱下，是由外部的喧嚣走向内部
的心灵殿堂的构建。这自觉不自觉走向中国人心脉传承的历

程，我归纳为是接通了"脉根"。因为它完全符合东方的审美心理。这一点，国内的有些批评家可能多少忽略了些，认为现代诗歌就是舶来品，既然是舶来品就应该有它的陈设。再往深了讲，就是批评家们要深入地融入生活，感知底层社会，洞悉时代发展脉搏，这样才能在鸿篇巨制中鲜活时代命题，深邃历史命题。

言归正传，还是来看诗人苟云惠为我们展现的景致吧。在《夜雨》一诗中，一种久违的古典情怀扑面而来："一滴浓墨/落心上//桂花　微菡/夜未央/谁家的灯光/一直在亮。"

在《相逢一株紫色风铃》中，有这样婉约清新的诗行：

> 海边弯弯曲曲的小路　一株高大的紫色风铃
>
> 枝条摇曳　秋天舞动的水袖
>
> 尽燃的花朵　抖开
>
> ……
>
> 我是匆匆的过客
>
> 你不会记得

这是典型的现代女性之诗，为人们打开了一扇缓缓平视世界，望向大海的窗子。其实，这就是生活，生老病死，爱恨情仇，到头来，"我挥挥手/遗忘/你不知道的一切"，内涵丰富且优雅从容。

　　"时代诗人"，这个标签不是别人强加给你的，而是生活、生存、立身处地做人的综合体现。即"功夫在诗外"，又在其内。诗行是外表，里子一定是由生活、阅历、学识等综合积淀而来。

　　《时间之外》以鲜明的审美视觉，突兀奇特的构造，令人耳目一新。

　　　　时间之外

　　　　宇宙像玩偶

　　　　众星　孤独运转

　　　　蓝色的地球

　　　　苍穹中　一滴眼泪

　　　　结了冰

　　　　农田　森林　水系　城市

　　　　海市蜃楼

　　　　日光的明灭中　生灵们

　　　　皮影晃动

　　　　没有配音

　　　　骄傲者自以为是

　　　　卑微者暗自低头

冰很薄

不知谁会一脚踩碎

这些　连风都不能预知

　　冷艳中蕴含哲理，如同决然孤立的剑客，面对众敌只是扬手一击便毙敌千百。这等功夫，需要先天和后天的修炼。

　　刘禹锡诗云："自古逢秋悲寂廖，我言秋日胜春朝。"打开这部诗集，诗人关于秋的描述不胜枚举。在《一万个秋天》中，有这样的诗句：

一万个生灵有一万个秋天

多情的人类　蘸空所有的笔墨

画不全她完整的容颜

　　在秋日里，别人的写景抒情或缠绵悱恻，或痛恨疾首，而诗人则越过俗理，通过现象看本质。在《今夜　秋凉渐起》一诗中，诗人又为我们营造了这样一番情境：清澈剔透，格调高雅，令人不胜陶醉。

今夜　流萤提灯

蛙鼓蝉鸣

倒影里的宁静

只有星星

如果说，上述诗句略显仙气飘飘，感觉诗人有些不食人间烟火，那么《爱在仲秋》一诗则道出了为人父母，为人儿女的衷肠：

小时候

十五是一枚圆圆的月饼

爹的严厉　娘的慈爱

年轻时

十五是一地白白的月光

你的思念　我的挂念

现在

十五是一桌丰盛的餐饭

无论多忙多远

一切让路

团聚在亲人身边

虽然是仿台湾诗人余光中的诗作，但真切入理，读来令人心生暖意。

究其原因是孝道使然！古人云"齐家、治国、平天下"，似乎又深化了主题。

《说谎好比做贼》《脱掉戏服》等诗，则展现了诗人的真性情，鞭策入理地揭示了人生百态。而《儿时的磨坊》《苍耳》等诗，则为我们描述了一个值得永恒怀念的，充满童趣的青春岁月。录《苍耳》其下：

踏入那片草地

是因为一朵花　无与伦比的花

走近　蹲下　细细品她

告诉她

我的世界　我的想法

最终　没有打动她

傍晚的惆怅中　整理行囊

惊喜发现　苍耳

这小小的种子

不知何时拽着我的裤脚

回了家

诗人的这种心灵与自然相融相通在诗行中得到完美、真切的表达，这也是我们构建精神家园，苦苦寻索中不可缺失的内核。

　　最后，我要说：众生如常，让我们诗意地生活，优雅从容！

　　　　　　　　　　（绿野，原名刘金辉，诗人、散文家）